TRANZLATY

El idioma es para todos

भाषा सभी के लिए है

La Transformación
(La Metamorfosis)

कायापलट
(मेटामोर्फोसिस)

Franz Kafka
फ्रांज काफ्का

Español
हिन्दी

www.tranzlaty.com

Primera parte
भाग एक

Gregorio Samsa se despertó una mañana de un sueño intranquilo.
ग्रेगर साम्सा एक सुबह परेशान करने वाले सपनों से जागे।

Se encontró en su cama, pero incapaz de moverse.
उसने खुद को बिस्तर पर पाया, लेकिन हिल नहीं पा रहा था।

Se había transformado en una alimaña monstruosa.
वह एक भयानक कीड़े में बदल गया था।

Estaba acostado boca arriba, sobre su espalda, que estaba dura como una armadura.
वह पीठ के बल लेटा हुआ था, जो कवच की तरह सख्त थी।

Levantando un poco la cabeza podía ver su barriga.
अपना सिर थोड़ा ऊपर उठाकर वह अपना पेट देख सकता था।

Pero su vientre estaba abovedado y dividido en segmentos.
लेकिन उसका पेट गुंबद जैसा था, और टुकड़ों में बंटा हुआ था।

La manta descansaba encima de su vientre redondeado.
कम्बल उसके गोल पेट के ऊपर रखा हुआ था।

Pero la manta estaba a punto de caerse por completo.
लेकिन कंबल पूरी तरह से नीचे खिसकने वाला था।

Sus piernas eran lamentables comparadas con su tamaño habitual.
उसके पैर अपने नॉर्मल साइज़ की तुलना में बहुत छोटे थे।

Y sus muchas piernas se movían impotentes ante sus ojos.
और उसके कई पैर उसकी आँखों के सामने बेबस होकर फड़फड़ा रहे थे।

"¿Qué me ha pasado?" pensó para sí.
"मुझे क्या हो गया है?" उसने मन ही मन सोचा।

Pero no era un sueño del que no pudiera despertar.
लेकिन यह ऐसा सपना नहीं था जिससे वह जाग नहीं सकता था।

En realidad era su propia habitación la que él se encontraba.
यह सच में उसका अपना कमरा था जिसमें उसने खुद को पाया।

Un auténtico espacio para humanos, aunque un poco pequeño.
इंसानों के लिए एक असली कमरा, लेकिन थोड़ा बहुत छोटा।

Él yacía tranquilamente entre las cuatro paredes conocidas.
वह चार जानी-मानी दीवारों के बीच चुपचाप लेटा रहा।

Sobre la mesa había una colección de muestras textiles.
टेबल पर टेक्सटाइल सैंपल का कलेक्शन था।

Samsa era un vendedor ambulante, de ahí las muestras.
समसा एक ट्रैवलिंग सेल्समैन था, इसलिए ये सैंपल थे।

Encima de las muestras textiles desmontadas había una imagen.
अलग किए गए टेक्सटाइल सैंपल के ऊपर एक तस्वीर थी।

Recientemente había recortado la imagen de una revista.
उन्होंने हाल ही में एक मैगज़ीन से यह तस्वीर काटी थी।

Había colocado el cuadro en un bonito marco dorado.
उन्होंने तस्वीर को एक सुंदर, सुनहरे फ्रेम में लगाया था।

El cuadro enmarcado mostraba a una dama sentada erguida.
फ्रेम वाली तस्वीर में एक महिला सीधी बैठी हुई दिखाई गई थी।

Llevaba un gorro de piel y tenía un manguito de piel.
उसने फर वाली टोपी पहनी हुई थी और फर वाला मफ़ पहना हुआ था।

Ella estaba levantando su mano hacia el espectador de la imagen.
वह पिक्चर देखने वाले की तरफ अपना हाथ बढ़ा रही थी।

Todo su antebrazo desapareció dentro de su pesado manguito de piel.
उसकी पूरी बांह उसके भारी फर मफ़ में गायब हो गई।

Gregor miró por la ventana el clima gris.
ग्रेगर ने खिड़की से उदास मौसम को देखा।

Se podía oír fuertes gotas de lluvia golpeando la ventana.
खिड़की पर भारी बारिश की बूंदों की आवाज़ आ रही थी।

El clima gris lo hacía sentir muy melancólico.
ग्रे मौसम ने उसे बहुत उदास महसूस कराया।

"¿Qué tal si duermo un poco más?" pensó.

"मैं थोड़ी देर और सो जाऊं?" उसने सोचा।

"Dormir más podría ayudarme a olvidar estas tonterías".
"ज़्यादा नींद से मुझे यह बकवास भूलने में मदद मिल सकती है।"

Pero dormir más era completamente inviable.
लेकिन अब और सोना बिल्कुल नामुमकिन था।

Porque estaba acostumbrado a dormir sobre su lado derecho.
क्योंकि उसे दाहिनी करवट सोने की आदत थी।

Pero su estado actual le impedía realizar sus movimientos habituales.
लेकिन उनकी अभी की हालत की वजह से वे रोज़ाना नहीं चल पा रहे थे।

No tenía forma de llegar a esa posición.
उसके पास इस स्थिति में आने का कोई रास्ता नहीं था।

Intentó con todas sus fuerzas lanzarse hacia su lado derecho.
उसने खुद को दाहिनी ओर करने की पूरी कोशिश की।

Probablemente intentó este movimiento cientos de veces.
उन्होंने शायद इस मूवमेंट को सौ बार करने की कोशिश की होगी।

Pero él siempre volvía a la posición supina.
लेकिन वह हमेशा पीठ के बल लेट जाता था।

Cerró los ojos para no ver sus piernas inquietas.
उसने अपनी आँखें बंद कर लीं ताकि वह अपने हिलते हुए पैरों को न देख सके।

Al final el dolor le impidió intentarlo de nuevo.
आखिर में उसके दर्द ने उसे दोबारा कोशिश करने से रोक दिया।

Un dolor sordo en el costado que nunca había sentido antes.
उसके शरीर में एक हल्का दर्द था जो उसने पहले कभी महसूस नहीं किया था।

«Oh Dios», pensó desesperado Gregorio Samsa.
"हे भगवान," ग्रेगर सामसा ने हताश होकर मन ही मन सोचा।

¡Qué profesión tan agotadora he elegido para mí!
"मैंने अपने लिए कितना मुश्किल प्रोफ़ेशन चुना है!"

"Día tras día tengo que viajar por trabajo".
"मुझे काम के लिए दिन-रात घूमना पड़ता है।"

"El trabajo de oficina es mucho más fácil que trabajar fuera de casa".
"ऑफिस का काम सड़क पर काम करने से कहीं ज़्यादा आसान है।"

"Y tengo la maldición de tener que viajar."
"और मुझे घूमने-फिरने का श्राप है।"

"Todas las preocupaciones por llegar a tiempo a los trenes."
"ट्रेन के समय पर पहुंचने की सारी चिंताएं।"

"Mis horarios de comida son irregulares y la comida es
mala".
"मेरे खाने का समय अनियमित है, और खाना खराब है।"

"Mis amigos siempre están cambiando de ciudad en ciudad."
"मेरे दोस्त हमेशा शहर-शहर बदलते रहते हैं।"

"Las interacciones que tengo son frías y profesionales".
"मेरी बातचीत ठंडी और प्रोफेशनल होती है।"

"¡Dejad que el Diablo se divierta con este tipo de trabajos!"
"शैतान को इस तरह के काम से अपना मनोरंजन करने दो!"

Sintió un ligero picor en la parte superior del estómago.
उसे अपने पेट के ऊपरी हिस्से में हल्की खुजली महसूस हुई।

Se apoyó contra el poste de la cama, con la espalda.
उसने अपनी पीठ से खुद को बिस्तर के खंभे से धकेल दिया।

Quería poder levantar mejor la cabeza.
वह अपना सिर बेहतर तरीके से उठा पाना चाहता था।

Encontró el punto que le picaba y le molestaba.
उसे वह खुजली वाली जगह मिल गई जो उसे परेशान कर रही थी।

Su cabeza parecía estar cubierta de pequeños puntos
blancos.
ऐसा लग रहा था कि उसका सिर छोटे-छोटे सफेद डॉट्स से ढका हुआ है।

No podía decir qué eran esos pequeños puntos blancos.
ये छोटे सफेद बिंदु क्या थे, वह नहीं बता सका।

Había planeado tocar el lugar con una de sus piernas.
उसने उस जगह को अपने एक पैर से छूने का प्लान बनाया था।

Pero cuando tocó el lugar sintió un extraño escalofrío.
लेकिन जब उसने उस जगह को छुआ तो उसे एक अजीब सी ठंडक महसूस
हुई।

Entonces inmediatamente retiró la pierna del lugar.
इसलिए उसने तुरंत अपना पैर उस जगह से हटा लिया।

No tuvo más remedio que aceptar la sensación de picazón.
उसके पास खुजली को स्वीकार करने के अलावा कोई विकल्प नहीं था।

Y volvió a su posición anterior en la cama.
और वह बिस्तर पर अपनी पहले वाली पोजीशन में लौट आया।

"Despertarse tan temprano realmente te vuelve bastante estúpido".
"इतनी जल्दी उठना सच में इंसान को बहुत बेवकूफ़ बना देता है।"

"Un hombre debe dormir lo suficiente", pensó.
"एक आदमी को पूरी नींद लेनी चाहिए," उसने मन ही मन सोचा।

"Los demás vendedores ambulantes viven una vida de lujo."
"दूसरे ट्रैवलिंग सेल्समैन लग्ज़री लाइफ जीते हैं।"

"Por la mañana transfiero los pedidos que he recibido."
"सुबह मैं मिले ऑर्डर ट्रांसफर कर देता हूँ।"

"Mientras tanto esos señores todavía están desayunando."
"इस बीच वे सज्जन अभी भी नाश्ता कर रहे हैं।"

"Imagínese si intentara hacer eso con mi jefe".
"ज़रा सोचिए अगर मैंने अपने बॉस के साथ ऐसा करने की कोशिश की होती।"

"Me despediría antes de terminar mi desayuno."
"मेरा नाश्ता खत्म होने से पहले ही वह मुझे नौकरी से निकाल देता।"

"Pero quizá eso tampoco sería lo peor."
"लेकिन शायद यह सबसे बुरी बात भी नहीं होगी।"

"El problema es que mis padres me están frenando".
"समस्या यह है कि मेरे माता-पिता मुझे रोक रहे हैं।"

"Si no fuera por ellos ya habría dimitido."
"अगर वे नहीं होते तो मैं पहले ही इस्तीफा दे चुका होता।"

"Me habría enfrentado al jefe y se lo habría dicho".
"मैं बॉस के सामने खड़ा होकर उसे बता देता।"

"Diría exactamente lo que pienso de él y del trabajo".
"मैं वही कहूंगा जो मैं उसके और नौकरी के बारे में सोचता हूं।"

"¡Se caería del escritorio si le contara todo!"
"अगर मैंने उसे सब कुछ बता दिया तो वह अपनी डेस्क से गिर जाएगा!"

"Es muy extraña la forma en que se sienta en su escritorio".
"जिस तरह से वह अपनी डेस्क पर बैठता है, वह बहुत अजीब है।"

"La forma en que habla con sus subordinados no es correcta".
"जिस तरह से वह अपने अधीनस्थों से बात करता है वह सही नहीं है।"

"Y lo peor es que su audición es muy pobre".
"और सबसे बुरी बात यह है कि उसकी सुनने की शक्ति बहुत कमज़ोर है।"

"Así que no te queda otra opción que sentarte muy cerca de él."
"तो आपके पास उसके बहुत करीब बैठने के अलावा कोई चारा नहीं है।"

Pero dicho todo esto, la esperanza no está completamente perdida todavía.
"लेकिन इतना सब कहने के बाद भी, उम्मीद अभी पूरी तरह खत्म नहीं हुई है।"

"Ahorraré el dinero para pagar la deuda de mis padres".
"मैं अपने माता-पिता का कर्ज चुकाने के लिए पैसे बचाऊंगा।"

"No puedo hacer nada mientras todavía le deban dinero".
"जब तक उन पर पैसे बकाया हैं, मैं कुछ नहीं कर सकता।"

"Pero cuando la deuda esté pagada definitivamente lo haré."
"लेकिन जब कर्ज चुका दिया जाएगा तो मैं यह ज़रूर करूंगा।"

"Probablemente tomará otros cinco o seis años."
"इसमें शायद पांच से छह साल और लगेंगे।"

"Sí, entonces definitivamente se hará la gran separación".
"हाँ, तो बड़ा सेपरेशन ज़रूर होगा।"

"Por el momento, sin embargo, debo levantarme de la cama."
"लेकिन अभी के लिए मुझे बिस्तर से उठना होगा।"

"Porque mi tren sale a las cinco en punto."
"क्योंकि मेरी ट्रेन पांच बजे रवाना होगी।"

Gregor miró el despertador que sonaba sobre la mesa.
ग्रेगर ने मेज पर टिक-टिक करती अलार्म घड़ी को देखा।

"¡Padre Celestial!" pensó al ver la hora.
"हे स्वर्गिक पिता!" उसने समय देखते हुए सोचा।

Las seis y media ya habían pasado silenciosamente.
साढ़े छह बज चुके थे और चुपचाप चले गए थे।

Y las manecillas del reloj seguían avanzando.

और घड़ी की सुइयां खुद-ब-खुद आगे बढ़ती रहीं।

Y ahora se acercaba la cuarta hora menos cuarto.
और अब समय करीब पौने सात बज रहा था।

"¿Quizás la alarma no sonó para despertarme?", pensó.
"शायद मुझे जगाने के लिए अलार्म नहीं बजा?" उसने सोचा।

Desde la cama Gregor inspeccionó el despertador.
अपने बिस्तर से ग्रेगर ने अलार्म घड़ी देखी।

El despertador estaba programado exactamente para las cuatro.
अलार्म घड़ी सही से चार बजे के लिए सेट थी।

No podía explicarlo, pero la alarma debió haber sonado.
वह इसे समझा नहीं सका, लेकिन अलार्म ज़रूर बज गया होगा।

"¿Cómo pude dormirme a pesar de la alarma sin darme cuenta?"
"मैं अलार्म बजने के बाद भी बिना जाने कैसे सो गया?"

Cuando suena la alarma incluso sacude los muebles.
जब अलार्म बजता है तो फर्नीचर भी हिल जाता है।

Sabía que su sueño no había sido para nada tranquilo.
वह जानता था कि उसकी नींद बिल्कुल भी शांतिपूर्ण नहीं थी।

Pero quizá por eso su sueño era mucho más profundo.
लेकिन शायद इसीलिए उसकी नींद ज़्यादा गहरी थी।

Tenía que pensar qué debía hacer ahora.
उसे सोचना था कि अब उसे क्या करना चाहिए।

El siguiente tren no salía hasta las siete.
अगली ट्रेन सात बजे तक नहीं चली।

Coger ese tren sería casi imposible.
उस ट्रेन को पकड़ना लगभग नामुमकिन होगा।

Y aún no había empacado los textiles que necesitaba.
और उसने अभी तक अपनी ज़रूरत का कपड़ा पैक नहीं किया था।

Tampoco se sentía especialmente fresco y ágil.
वह खास फ्रेश और फुर्तीला भी महसूस नहीं कर रहा था।

Quizás había una posibilidad de subir al tren.
शायद ट्रेन में चढ़ने का मौका था।

Pero de todas formas, un regaño por parte del jefe era inevitable.
लेकिन बॉस की डांट तो पड़नी ही थी।

El empleado habría subido al tren de las cinco.
क्लर्क पांच बजे की ट्रेन में चढ़ गया होगा।

El oficinista era una criatura sin carácter del jefe.
ऑफिस क्लर्क बॉस का एक रीढ़विहीन प्राणी था।

Así que la ausencia de Gregor ya habría sido informada.
तो ग्रेगर की गैरहाज़िरी की रिपोर्ट पहले ही हो चुकी होगी।

"¿Qué pasa si llamo para avisar que estoy enfermo?" Gregor estaba pensando.
"अगर मैं बीमार हो जाऊं तो क्या होगा?" ग्रेगर सोच रहा था।

Pero eso sería extremadamente embarazoso y sospechoso.
लेकिन यह बहुत शर्मनाक और शक वाली बात होगी।

Gregor nunca había estado enfermo durante el tiempo que trabajó allí.
ग्रेगर जब वहां काम कर रहे थे, तब वे कभी बीमार नहीं पड़े थे।

Y ya les había dado cinco años de servicio.
और वह पहले ही उन्हें पांच साल की सर्विस दे चुका था।

Lo más probable era que el jefe viniera a ver cómo estaba.
संभावना थी कि बॉस उसका हालचाल जानने आएगा।

Probablemente traería al médico del seguro médico.
वह शायद हेल्थ इंश्योरेंस डॉक्टर को साथ लाएगा।

Y culparía a los padres por la pereza de su hijo.
और वह अपने आलसी बेटे के लिए माता-पिता को दोषी ठहराता था।

No podrían hacerle ninguna objeción.
वे उस पर कोई आपत्ति नहीं कर सकेंगे।

Porque para él sólo había dos clases de trabajadores.
क्योंकि उसके लिए केवल दो तरह के वर्कर थे।

O bien los trabajadores estaban completamente sanos o bien eran reacios al trabajo.
या तो वर्कर पूरी तरह से हेल्दी थे, या काम से कतराते थे।

¿Y estaría equivocado en ese análisis básico?

और क्या वह उस बेसिक एनालिसिस में भी गलत होगा?

Ciertamente, en este caso tenía un argumento sólido.
निश्चित रूप से, इस मामले में उनके पास एक मजबूत तर्क था।

A pesar de su apariencia, Gregor en realidad se sentía
bastante bien.
अपनी शक्ल-सूरत के बावजूद ग्रेगर असल में काफी अच्छा महसूस कर रहा
था।

El sueño innecesariamente largo lo dejó un poco
somnoliento.
बेवजह की लंबी नींद की वजह से उसे थोड़ी नींद आ गई।

Pero aparte de eso no podía quejarse de enfermedad.
लेकिन इसके अलावा वह बीमारी की शिकायत नहीं कर सकता था।

Incluso sintió un hambre especialmente fuerte y saludable.
उसे बहुत तेज़ और हेल्दी भूख भी लगी।

Mientras pensaba estos pensamientos el reloj volvió a sonar.
जब वह ये सोच रहा था तो घड़ी फिर बज गई।

Según la alarma eran ya las siete menos cuarto.
अलार्म के अनुसार अब पौने सात बज रहे थे।

Y ahora también se oyó un suave golpe en la puerta.
और अब दरवाज़े पर हल्की सी दस्तक भी हुई।

—Gregor —lo llamó alguien. Era la madre.
"ग्रेगर," किसी ने उसे पुकारा - यह माँ थी।

"Son las siete menos cuarto", confirmó la alarma.
"अभी तो पौने सात बजे हैं," उसने अलार्म की पुष्टि की।

¿No querías irte?, preguntó la suave voz.
"क्या तुम जाना नहीं चाहते थे?" एक प्यारी सी आवाज़ ने पूछा।

Gregor se asustó cuando oyó su voz respondiendo.
ग्रेगर डर गया जब उसने अपनी आवाज़ सुनी।

La voz seguía siendo la voz que siempre tuvo.
आवाज़ अब भी वही थी जो हमेशा थी।

Pero ahora había un nuevo sonido mezclado en su voz.
लेकिन अब उसकी आवाज़ में एक नई आवाज़ घुल गई थी।

Desde lo más profundo de él también salió un doloroso chillido.
उसके अंदर से भी एक दर्द भरी चीख निकली।

Al principio su voz parecía formar palabras con claridad.
पहले तो उनकी आवाज़ साफ़ शब्दों में बोलती हुई लग रही थी।

Pero entonces Gregor escuchó el eco mental de su voz.
लेकिन तभी ग्रेगर को उसकी आवाज़ की मन में गूंज सुनाई दी।

La grabación de su voz se interrumpió de una manera extraña.
उनकी आवाज़ की रिकॉर्डिंग अजीब तरीके से टूट गई।

Y no estaba seguro de si había escuchado las cosas correctamente.
और उसे पक्का नहीं था कि उसने सही सुना है या नहीं।

Gregor sintió un profundo deseo de dar una respuesta detallada.
ग्रेगर को डिटेल में जवाब देने की गहरी इच्छा हुई।

Quería explicarle todo claramente a su madre.
वह अपनी मां को सब कुछ साफ-साफ समझाना चाहता था।

Pero, dadas las circunstancias, tuvo que limitarse.
लेकिन, हालात को देखते हुए, उन्हें खुद को सीमित रखना पड़ा।

Y respondió mucho más breve de lo que le hubiera gustado.
और उसने जितना चाहा था उससे बहुत छोटा जवाब दिया।

-Sí madre, no te preocupes, gracias, ya estoy levantado.
"हाँ माँ, चिंता मत करो, धन्यवाद, मैं पहले से ही उठ गया हूँ।"

La puerta de madera probablemente ayudó a amortiguar su voz.
लकड़ी के दरवाज़े ने शायद उसकी आवाज़ को दबाने में मदद की।

Desde fuera el cambio en la voz de Gregor pasó desapercibido.
बाहर ग्रेगर की आवाज़ में बदलाव पर किसी का ध्यान नहीं गया।

La madre pareció estar satisfecha con su explicación.
माँ उसकी बात से संतुष्ट लग रही थी।

Y ella se fue de nuevo tan silenciosamente como había llegado.
और वह फिर से उतनी ही शांति से चली गई, जितनी शांति से आई थी।

Pero la pequeña conversación tuvo un efecto no deseado.
लेकिन इस छोटी सी बातचीत का अनचाहा असर हुआ।

Llamó la atención de los demás miembros de la familia.
उसने परिवार के दूसरे सदस्यों का ध्यान अपनी ओर खींचा।

Gregor todavía estaba en casa y no había ido a trabajar.
ग्रेगर अभी भी घर पर था और काम पर नहीं गया था।

Y ahora el padre también llamó a la puerta lateral.
और अब पिता ने भी साइड का दरवाज़ा खटखटाया।

Golpeó débilmente, pero decidido, con el puño.
उसने कमज़ोर, लेकिन पक्के इरादे से मुट्ठी से दस्तक दी।

—Gregor, Gregor —gritó—, ¿cuál es el problema?
"ग्रेगर, ग्रेगर," उसने पुकारा "क्या समस्या है?"

Al cabo de un rato volvió a advertir con voz más grave.
थोड़ी देर बाद उसने फिर से गहरी आवाज़ में चेतावनी दी।

Pero ahora la hermana llamó a la puerta del otro lado.
लेकिन दूसरी तरफ के दरवाज़े पर अब बहन ने दस्तक दी।

"¿Gregor? ¿No te encuentras bien?", preguntó en voz baja.
"ग्रेगर? क्या तुम ठीक नहीं हो?" उसने धीरे से पूछा।

"¿Necesitas algo?" preguntó preocupada.
"क्या आपको कुछ चाहिए," उसने चिंतित होकर पूछा।

Gregor respondió a ambas partes: "Ya he terminado".
ग्रेगर ने दोनों पक्षों को जवाब दिया: "मैं पहले ही समाप्त कर चुका हूं।"

Había hecho todo lo posible para pronunciar todas las palabras con cuidado.
उन्होंने सभी शब्दों को ध्यान से बोलने की पूरी कोशिश की थी।

Y eliminó todo lo que era llamativo en su voz.
और उन्होंने अपनी आवाज़ से हर साफ़ बात हटा दी।

El padre también parecía satisfecho con la respuesta.
पिता भी जवाब से संतुष्ट दिखे।

Y regresó a su desayuno inacabado.

और वह अपने अधूरे नाश्ते पर वापस लौट आया।

Pero la hermana susurró: "Gregor, ábreme, te lo ruego".
लेकिन बहन ने फुसफुसाते हुए कहा, "ग्रेगर, खोलो, मैं तुमसे विनती करती हूं।"

Pero su preocupación por él no podía conmoverlo de ninguna manera.
लेकिन उसके लिए उसकी चिंता उसे किसी भी तरह से प्रभावित नहीं कर सकी।

Gregor no tenía intención de abrirle la puerta.
ग्रेगर का उसके लिए दरवाज़ा खोलने का कोई इरादा नहीं था।

Había adquirido algunos hábitos de cautela al viajar.
ट्रैवलिंग से उन्हें कुछ सावधानी वाली आदतें सीखी थीं।

Y se alababa a sí mismo por haber cerrado las puertas.
और उसने दरवाज़े बंद करने के लिए खुद की तारीफ़ की।

Primero quiso levantarse tranquilamente y a su propio ritmo.
पहले तो वह चुपचाप अपने समय पर उठना चाहता था।

Y sin que nadie le molestara quiso vestirse.
और, बिना किसी परेशानी के, वह कपड़े पहनना चाहता था।

Una vez logrado esto, quiso entonces desayunar.
यह सब करने के बाद, वह नाश्ता करना चाहता था।

Sólo entonces quiso reflexionar más sobre la situación.
तभी वह स्थिति पर आगे विचार करना चाहते थे।

Sabía que no tenía sentido hacer planes en la cama.
वह जानता था कि बिस्तर पर योजना बनाने का कोई फायदा नहीं है।

Sería imposible llegar a una conclusión sensata.
किसी समझदारी भरे नतीजे पर पहुंचना नामुमकिन होगा।

Había habido otras ocasiones en las que se despertó con dolores leves.
कई बार ऐसा हुआ कि वह हल्के दर्द के साथ उठा।

Estos dolores siempre resultaban ser pura imaginación.
ये दर्द हमेशा कोरी कल्पना ही निकले।

Al levantarme de la cama el dolor invariablemente
desaparecía.
बिस्तर से उठते ही दर्द हमेशा के लिए खत्म हो गया।

Tenía curiosidad por ver qué pasaría con esas ideas.
वह यह जानने के लिए उत्सुक थे कि इन आइडियाज़ का क्या होगा।

El cambio en su voz probablemente se debió sólo a un
resfriado.
उसकी आवाज़ में बदलाव शायद सर्दी की वजह से था।

Los resfriados son simplemente un riesgo laboral para los
viajeros.
सर्दी-जुकाम यात्रियों के लिए एक काम का खतरा है।

No tenía ninguna duda de que ésa era la explicación lógica.
उन्हें इसमें कोई शक नहीं था कि यही लॉजिकल एक्सप्लेनेशन था।

Logró quitarse la manta de encima con facilidad.
कंबल को अपने ऊपर से हटाना आसान हो गया।

Lo único que tenía que hacer era inhalar e inflarse.
उसे बस सांस अंदर लेनी थी और खुद को फुलाना था।

La manta se deslizó de su cuerpo y cayó al suelo.
कम्बल उसके शरीर से फिसलकर फर्श पर गिर गया।

Su cuerpo increíblemente ancho dificultaba otras cosas.
उनके बहुत चौड़े शरीर की वजह से दूसरी चीज़ें मुश्किल हो जाती थीं।

Habría necesitado brazos y manos para ponerse de pie.
खड़े होने के लिए उसे हाथों और बाजुओं की ज़रूरत पड़ती।

Pero ya no tenía las extremidades que solía tener.
लेकिन उसके पास वे अंग नहीं थे जो पहले हुआ करते थे।

En lugar de brazos y manos tenía muchas piernas pequeñas.
हाथों और बाजुओं की जगह उसके बहुत सारे छोटे-छोटे पैर थे।

Y sus piernas se movían constantemente, sin su control.
और उसके पैर लगातार हिलते रहते थे, बिना उसके कंट्रोल के।

Intentó doblar una pierna, pero en lugar de eso se estiró.
उसने एक पैर मोड़ने की कोशिश की, लेकिन वह खिंच गया।

Finalmente logró controlar una pierna.
आखिरकार वह एक पैर को अपने कंट्रोल में लाने में कामयाब हो गया।

Pero luego se liberó el movimiento de las otras piernas.
लेकिन फिर दूसरे पैरों की हरकत छोड़ दी गई।

Y todas sus piernas se crisparon de extrema excitación.
और उसके सारे पैर बहुत ज़्यादा एक्साइटमेंट में फड़कने लगे।

Primero quería sacar la parte inferior de su cuerpo de la cama.
पहले वह अपने शरीर के निचले हिस्से को बिस्तर से बाहर निकालना चाहता था।

Pero en realidad aún no había visto la parte inferior de su cuerpo.
लेकिन असल में उसने अभी तक अपना निचला शरीर नहीं देखा था।

Y, de todas formas, resultó demasiado difícil mover esta pieza.
और वैसे भी इस हिस्से को हटाना बहुत मुश्किल साबित हुआ।

Finalmente, con todas sus fuerzas, realizó un movimiento salvaje.
आखिरकार, अपनी पूरी ताकत लगाकर उसने एक अजीब चाल चली।

Sin más vacilación, avanzó.
बिना किसी हिचकिचाहट के वह आगे बढ़ गया।

Pero había elegido la dirección equivocada.
लेकिन उसने आगे बढ़ने के लिए गलत दिशा चुन ली थी।

Golpeó violentamente su cuerpo contra el poste inferior de la cama.
उसने ज़ोर से अपने शरीर को नीचे वाले बेडपोस्ट से मारा।

El dolor ardiente que sintió le enseñó una valiosa lección.
उसे जो जलन महसूस हुई, उससे उसे एक कीमती सबक मिला।

La parte inferior de su cuerpo era quizás más sensible.
उसके शरीर का निचला हिस्सा शायद ज़्यादा सेंसिटिव था।

Entonces intentó sacar primero la parte superior del cuerpo de la cama.
इसलिए उसने पहले अपने शरीर के ऊपरी हिस्से को बिस्तर से बाहर निकालने की कोशिश की।

Giró cuidadosamente la cabeza en la dirección correcta.

उसने ध्यान से अपना सिर सही दिशा में घुमाया।

Y pronto su cabeza estaba mirando hacia el borde de la cama.
और जल्द ही उसका सिर बिस्तर के किनारे की ओर था।

Este movimiento cauteloso en realidad fue fácil para él.
यह सावधानी भरा कदम असल में उसके लिए आसान था।

Y su anchura y peso no detuvieron su movimiento.
और उसकी चौड़ाई और वज़न ने उसके मूवमेंट को नहीं रोका।

La masa de su cuerpo siguió lentamente el giro de la cabeza.
उसके शरीर का वज़न धीरे-धीरे सिर के घुमाव के साथ-साथ बढ़ता गया।

Pero luego sostuvo su cabeza sobre el borde de la cama.
लेकिन फिर उसने अपना सिर बिस्तर के किनारे पर रख लिया।

Y se enfrentó a un nuevo miedo en el que aún no había pensado.
और उसे एक नए डर का सामना करना पड़ा जिसके बारे में उसने अभी तक सोचा नहीं था।

Avanzar más por este camino podría ser peligroso.
इस तरह से आगे बढ़ना खतरनाक हो सकता है।

Había pensado que simplemente se dejaría caer.
उसने सोचा था कि वह बस खुद को गिरने देगा।

Pero sería un milagro si no se lesionara la cabeza.
लेकिन अगर उसके सिर पर चोट नहीं लगी तो यह चमत्कार ही होगा।

Ahora no era el momento de arriesgarse a perder el conocimiento.
अब होश खोने का जोखिम उठाने का समय नहीं था।

Quizás sería mejor quedarse en la cama después de todo.
शायद बिस्तर पर ही रहना बेहतर होगा।

Pero luego tuvo que hacer el mismo esfuerzo para regresar.
लेकिन फिर उसे वापस आने के लिए वही कोशिश करनी पड़ी।

Después de todo ese esfuerzo él estaba tendido allí igual que antes.
इतनी मेहनत के बाद भी वह पहले की तरह ही वहीं पड़ा रहा।

Y ahora sus piernas parecían incluso más enojadas que antes.

और अब उसके पैर पहले से भी ज़्यादा गुस्से में लग रहे थे।

Los movimientos de sus piernas se habían vuelto aún más incontrolables.
उसके पैरों की हरकतें और भी बेकाबू हो गई थीं।

No veía manera de salir de la situación en la que se encontraba.
उसे उस स्थिति से बाहर निकलने का कोई रास्ता नहीं दिख रहा था जिसमें वह फंसा हुआ था।

De este caos no fue posible sacar la paz ni el orden.
इस अव्यवस्था से शांति और व्यवस्था नहीं लाई जा सकी।

Pero sabía que quedarse en la cama tampoco era una opción.
लेकिन वह जानता था कि बिस्तर पर रहना भी कोई ऑप्शन नहीं है।

Sacrificarlo todo era la opción más sensata.
सब कुछ कुर्बान करना सबसे समझदारी भरा ऑप्शन था।

Se aferró a la más mínima esperanza de levantarse de la cama.
वह बिस्तर से उठने की थोड़ी सी भी उम्मीद पर कायम रहा।

Si lo hubiera conseguido, todo riesgo habría valido la pena.
अगर वह ऐसा कर लेता, तो सारा रिस्क वसूल हो जाता।

Pero al mismo tiempo también recordó algo más.
लेकिन उसी समय उसे कुछ और भी याद आ गया।

"Mejores que decisiones desesperadas son reflexiones tranquilas."
"बेताब फैसलों से बेहतर है शांत होकर सोचना।"

Con todo su esfuerzo centró su mirada en la ventana.
पूरी कोशिश करके उसने अपनी आँखें खिड़की पर टिका दीं।

Pero lo que vio le trajo poca confianza y alegría.
लेकिन जो कुछ उसने देखा उससे उसे ज़्यादा कॉन्फिडेंस और खुशी नहीं मिली।

La niebla de la mañana cubría toda la estrecha calle.
सुबह की धुंध ने पूरी तंग गली को ढक लिया था।

El despertador volvió a sonar; ahora eran las siete.
अलार्म घड़ी फिर बजी; अब सात बज चुके थे।

"Ya son las siete y todavía hay mucha niebla."

"अभी तो सात बज चुके हैं और अभी भी कोहरा छाया हुआ है।"

Durante un rato permaneció en silencio, respirando débilmente.
कुछ देर तक वह चुपचाप लेटा रहा, उसकी साँसें बहुत कमज़ोर थीं।

Quizás un poco de quietud traería algo de normalidad.
शायद कुछ शांति से कुछ नॉर्मल स्थिति आ जाएगी।

Un silencio absoluto podría provocar las condiciones reales.
पूरी तरह चुप्पी से असली हालात पैदा हो सकते हैं।

Pero antes de que el reloj volviera a sonar, rompió el silencio.
लेकिन घड़ी के दोबारा बजने से पहले ही उसने चुप्पी तोड़ दी।

"Antes de que el reloj vuelva a sonar, debo levantarme de la cama."
"घड़ी फिर से बजने से पहले मुझे बिस्तर से उठ जाना चाहिए।"

"Para entonces tengo que estar totalmente fuera de la cama."
"तब तक मुझे बिस्तर से पूरी तरह उठ जाना चाहिए।"

"Después de las siete y cuarto la oficina enviará a alguien."
"सवा सात बजे के बाद ऑफिस किसी को भेजेगा।"

"Porque la oficina abrió antes de las siete."
"क्योंकि ऑफिस सात बजे से पहले खुल गया था।"

Y ahora empezó a balancear su cuerpo fuera de la cama.
और अब वह बिस्तर से बाहर निकलकर अपने शरीर को हिलाने लगा।

Había abandonado el centrarse en la parte superior o inferior de su cuerpo.
उसने अपने ऊपरी या निचले शरीर पर ध्यान देना छोड़ दिया था।

Todo el largo de su cuerpo tuvo que salir de la cama.
उसके शरीर का पूरा हिस्सा बिस्तर से उठ गया।

Caer de esa manera debería proteger su cabeza, pensó.
उसने सोचा कि इस तरह गिरने से उसका सिर बच जाएगा।

Había planeado levantar la cabeza cuando cayera al suelo.
उसने ज़मीन पर गिरते ही अपना सिर ऊपर उठाने का प्लान बनाया था।

La parte posterior de su cuerpo parecía lo suficientemente dura para el impacto.

उसके शरीर का पिछला हिस्सा टक्कर के लिए काफी सख्त लग रहा था।

Y la alfombra estaba allí para suavizar el aterrizaje.
और कालीन लैंडिंग को नरम बनाने के लिए था।

Sin embargo, su mayor preocupación era el fuerte ruido.
हालाँकि, उनकी सबसे बड़ी चिंता तेज़ आवाज़ थी।

El ruido estrepitoso asustaría a todos en la casa.
टक्कर की आवाज़ से घर में सभी लोग डर जाते थे।

Quizás no les daría miedo el ruido fuerte.
शायद वे तेज़ आवाज़ से नहीं डरेंगे।

Pero seguramente se preocuparían si oyeran eso.
लेकिन अगर वे सुनेंगे तो वे ज़रूर चिंतित होंगे।

Pero había que correr el riesgo de llamar la atención.
लेकिन ध्यान खींचने का रिस्क तो उठाना ही था।

El nuevo método era más un juego que un esfuerzo.
नया तरीका कोशिश से ज़्यादा एक खेल था।

Tuvo que balancear su cuerpo con movimientos bruscos y espasmódicos.
उसे अपने शरीर को अचानक और झटकेदार हरकतों से हिलाना पड़ता था।

Gregor ya estaba medio levantado de la cama.
ग्रेगर पहले ही बिस्तर से आधा बाहर आ चुका था।

Ahora se le ocurrió una idea nueva.
अब उसके मन में एक नया विचार आया।

"Todo sería tan fácil si alguien viniera en mi ayuda."
"अगर कोई मेरी मदद के लिए आ जाए तो यह सब बहुत आसान हो जाएगा।"

"Dos personas fuertes serían suficientes."
"दो मजबूत लोग पूरी तरह से काफी होंगे।"

Su padre y la criada serían lo suficientemente fuertes.
उसके पिता और नौकरानी काफी मजबूत होंगे।

Sólo tendrían que deslizar los brazos bajo su espalda.
उन्हें बस अपनी बाहें उसकी पीठ के नीचे सरकानी होंगी।

Y luego pudieron sacarlo fácilmente de la cama.
और फिर वे उसे आसानी से बिस्तर से बाहर निकाल सकते थे।

Quizás habrían tenido que bajarle el peso poco a poco.

शायद उन्हें धीरे-धीरे उसका वज़न कम करना पड़ता।

Ojalá entonces las piernas hubieran encontrado su
propósito.
उम्मीद है कि तब पैरों को अपना मकसद मिल गया होगा।

¿No sería mejor después de todo pedir ayuda?
"क्या मदद के लिए फ़ोन करना बेहतर नहीं होगा?"

El problema, por supuesto, era que había cerrado las puertas.
समस्या यह थी कि उसने दरवाज़े बंद कर दिए थे।

Había algo en ese pensamiento que le hacía cosquillas.
इस विचार में कुछ ऐसा था जो उसे गुदगुदाता था।

Y a pesar de sus dificultades, no pudo evitar esbozar una
sonrisa.
और अपनी मुश्किलों के बावजूद, वह अपनी मुस्कान को दबा नहीं सका।

Ya estaba cerca de perder el equilibrio.
अब वह अपना बैलेंस खोने के करीब था।

Cada movimiento lo acercaba más a caerse de la cama.
हर झटके के साथ वह बिस्तर से गिरने के करीब आ रहा था।

Pronto tendría que tomar la decisión final.
जल्द ही उसे आखिरी फैसला लेना था।

En cinco minutos serían las siete y cuarto.
पांच मिनट में सवा सात बजने वाले थे।

Mientras pensaba estos pensamientos, sonó el timbre.
जब वह ये सोच रहा था, तभी दरवाज़े की घंटी बजी।

"Es alguien de la oficina", se dijo.
"यह ऑफिस से कोई है," उसने खुद से कहा।

Y casi se quedó paralizado de miedo ante la visita.
और वह विज़िटर के कारण डर के मारे लगभग जम गया।

Sus piernas bailaron aún más salvajemente que antes.
उसके पैर पहले से भी ज़्यादा ज़ोर से नाच रहे थे।

Pero luego, por un momento, todo quedó en silencio.
लेकिन फिर, एक पल के लिए सब कुछ शांत हो गया।

"No abrirán la puerta", se dijo Gregor.
"वे दरवाज़ा नहीं खोलेंगे," ग्रेगर ने खुद से कहा।

Todavía estaba atrapado en una esperanza sin sentido.
वह अभी भी किसी बेकार की उम्मीद में फंसा हुआ था।

Pero luego, por supuesto, la criada se dirigió a la puerta.
लेकिन फिर, ज़ाहिर है, नौकरानी दरवाज़े तक चली गई।

Y como siempre, le abrió la puerta al visitante.
और, हमेशा की तरह, उसने विज़िटर के लिए दरवाज़ा खोला।

A Gregor le bastó con oír el primer saludo del visitante.
ग्रेगर को बस विज़िटर का पहला अभिवादन सुनने की ज़रूरत थी।

Pudo saber inmediatamente quién había venido a buscarlo.
वह तुरंत बता सकता था कि उसके लिए कौन आया था।

El propio jefe de oficina había venido a ver cómo estaba
Samsa.
चीफ क्लर्क खुद समसा का हालचाल जानने आया था।

¿Por qué Gregor fue el único condenado a este destino?
ग्रेगर को ही इस तरह की सजा क्यों दी गई?

¿Por qué sólo él tuvo que servir en tal organización?
सिर्फ़ उन्हें ही ऐसे संगठन में काम क्यों करना पड़ा?

El más mínimo descuido despertaba inmediatamente
sospechas.
थोड़ी सी भी चूक से तुरंत शक पैदा हो जाता था।

¿Todos los empleados que trabajaban allí eran unos
sinvergüenzas?
क्या वहां काम करने वाले सभी कर्मचारी बदमाश थे?

¿No había entre ellos ninguna persona fiel y devota?
क्या उनमें कोई वफ़ादार और समर्पित इंसान नहीं था?

¿No podrían haber enviado simplemente un aprendiz?
क्या वे किसी अप्रेंटिस को नहीं भेज सकते थे?

¿Era realmente necesario todo este cuestionamiento?
क्या ये सारे सवाल-जवाब वाकई ज़रूरी थे?

¿El representante autorizado tenía que venir personalmente?
क्या ऑथराइज़्ड रिप्रेज़ेंटेटिव को खुद आना पड़ा?

¿Había que informar a toda la familia inocente?
क्या पूरे बेगुनाह परिवार को बताना ज़रूरी था?

Todas estas consideraciones impulsaron a Gregor a actuar.
इन सभी बातों ने ग्रेगर को एक्शन लेने पर मजबूर कर दिया।

Se levantó de la cama con todas sus fuerzas.
वह पूरी ताकत से बिस्तर से बाहर निकला।

Se escuchó un fuerte estallido, pero no era realmente un ruido.
एक ज़ोरदार धमाका हुआ, लेकिन असल में वह कोई शोर नहीं था।

La caída había sido ligeramente suavizada por la alfombra.
कालीन की वजह से गिरावट थोड़ी नरम हो गई थी।

Su espalda era más elástica de lo que Gregor había pensado.
उसकी पीठ ग्रेगर की सोच से ज़्यादा लचीली थी।

Así que el sonido era más apagado y no tan perceptible.
इसलिए आवाज़ ज़्यादा धीमी थी, और ज़्यादा ध्यान देने लायक नहीं थी।

Pero no había cuidado su cabeza durante la caída.
लेकिन गिरने के दौरान उसने अपने सिर का ध्यान नहीं रखा था।

Y cuando golpeó el suelo también se golpeó la cabeza.
और जब वह ज़मीन पर गिरा तो उसका सिर भी टकरा गया।

Se frotó la cabeza contra la alfombra con rabia y dolor.
गुस्से और दर्द में उसने अपना सिर कालीन पर रगड़ा।

Pero el gerente de la habitación de al lado escuchó el ruido.
लेकिन बगल वाले कमरे में बैठे मैनेजर ने शोर सुन लिया।

"Algo cayó allí", observó correctamente.
"वहाँ कुछ गिरा था," उसने सही कहा।

Gregor intentó imaginarse al gerente en su situación.
ग्रेगर ने मैनेजर को अपनी स्थिति में कल्पना करने की कोशिश की।

"¿Podría pasarle lo mismo a él?" se preguntó.
"क्या उसके साथ भी ऐसा ही हो सकता है?" उसने सोचा।

Aceptó que este extraño acontecimiento pudiera ser posible.
उन्होंने माना कि यह अजीब घटना हो सकती है।

Y entonces el jefe de oficina dio unos pasos hacia la habitación.
और फिर चीफ क्लर्क कमरे की ओर कुछ कदम बढ़ा।

Fue casi una respuesta burda a la pregunta que hizo.

यह उनके पूछे गए सवाल का लगभग कच्चा जवाब था।

Sus botas de cuero crujieron cuando se acercó a la puerta.
जैसे ही वह दरवाज़े के पास पहुँचा, उसके चमड़े के जूते चरमराने लगे।

Desde la habitación de su derecha su criada le susurró:
उनके दाहिनी ओर के कमरे से उनकी नौकरानी ने फुसफुसाकर कहा।

Gregor, el representante autorizado está aquí.
"ग्रेगर, ऑथराइज़्ड रिप्रेज़ेंटेटिव यहाँ है।"

—Lo sé —dijo Gregor, pero sólo en voz baja, para sí mismo.
"मुझे पता है," ग्रेगर ने कहा, लेकिन सिर्फ़ अपने आप से।

No se atrevió a levantar la voz por encima de un susurro.
वह फुसफुसाहट से ज़्यादा अपनी आवाज़ उठाने की हिम्मत नहीं कर पाया।

Porque Gregor no quería que su hermana lo oyera.
क्योंकि ग्रेगर नहीं चाहता था कि उसकी बहन उसकी बात सुन ले।

—Gregor —dijo el padre desde la habitación de la izquierda.
"ग्रेगर," बाईं ओर के कमरे से पिता ने कहा।

"El gerente ha venido a comprobar cuál es el problema".
"मैनेजर यह देखने आया है कि प्रॉब्लम क्या है।"

"Él te preguntó por qué no saliste en el tren temprano."
"उसने पूछा कि तुम सुबह की ट्रेन से क्यों नहीं निकले।"

"No sabemos qué decirle", dijo el padre.
पिता ने कहा, "हमें नहीं पता कि उससे क्या कहना है।"

"Por cierto, también quiere hablar contigo personalmente."
"वैसे, वह आपसे पर्सनली भी बात करना चाहता है।"

"Por favor, abre la puerta para que pueda hablar contigo."
"प्लीज़ दरवाज़ा खोलिए, ताकि वह आपसे बात कर सके।"

"Tendrá la amabilidad de disculpar el desorden en la
habitación".
"वह कमरे में गंदगी को माफ़ कर देंगे।"

"Buenos días, señor Samsa", le saludó el gerente.
"गुड मॉर्निंग, मिस्टर समसा," मैनेजर ने उन्हें पुकारा।

Y ciertamente le habló de manera amistosa.
और उन्होंने ज़रूर उससे दोस्ताना तरीके से बात की।

"No está bien", le dijo la madre al gerente.

"वह ठीक नहीं है," माँ ने मैनेजर से कहा।

"No se encuentra bien en absoluto, créame, querido gerente."
"वह बिल्कुल ठीक नहीं है, मेरा विश्वास करो, प्रिय मैनेजर।"

¿Por qué si no, Gregor perdería el tren de la mañana?
"नहीं तो ग्रेगर सुबह की ट्रेन क्यों मिस करेगा?"

"El chico no tiene nada en la cabeza excepto el negocio."
"लड़के के दिमाग में बिज़नेस के अलावा कुछ नहीं है।"

"Casi me molesta que no haga nada más".
"मुझे इस बात से गुस्सा आता है कि वह और कुछ नहीं करता।"

"Me gustaría que saliera por las noches a tomar aire fresco".
"काश वह शाम को ताज़ी हवा के लिए बाहर जाता।"

"Estuvo en la ciudad ocho días por negocios."
"वह बिज़नेस के लिए आठ दिनों तक शहर में था।"

"Pero él estaba en casa todas esas noches"
"लेकिन फिर वह हर शाम घर पर ही रहता था"

"Se sienta en nuestra mesa y lee el periódico".
"वह हमारी टेबल पर बैठकर अखबार पढ़ता है।"

"En otras ocasiones, estudia los horarios de los trenes."
"दूसरे समय में, वह ट्रेनों के टाइमटेबल पढ़ता है।"

"A veces se mantiene ocupado con la carpintería".
"कभी-कभी वह खुद को बढ़ईगीरी में व्यस्त रखता है।"

"Por ejemplo, talló un pequeño marco de madera para cuadros".
"उदाहरण के लिए, उसने एक छोटा लकड़ी का पिक्चर फ्रेम बनाया।"

"Estuvo ocupado con la sierra durante dos o tres tardes".
"दो या तीन शाम तक वह आरी चलाने में व्यस्त था।"

"Te sorprenderá lo bonito que es el marco de fotos".
"आप हैरान रह जाएंगे कि पिक्चर फ्रेम कितना सुंदर है।"

"Ha colgado el marco de fotos en su habitación."
"उसने अपने कमरे में पिक्चर फ्रेम टांग दिया है।"

"Cuando abra la puerta veréis su carpintería."
"जब वह दरवाज़ा खोलेगा तो आप उसकी लकड़ी की कारीगरी देखेंगे।"

"Por cierto, me alegro de que esté aquí, señor Prokurist".

"वैसे, मुझे खुशी है कि आप यहाँ हैं, मिस्टर प्रोकुरिस्ट।"

"Solos no habríamos podido lograr que Gregor abriera la puerta."
"हम अकेले ग्रेगर से दरवाज़ा नहीं खुलवा सकते थे।"

"Es muy terco", le confesó su madre al empleado.
"वह बहुत जिद्दी है," उसकी माँ ने क्लर्क से कहा।

"Ciertamente está enfermo, aunque antes lo negó".
"वह निश्चित रूप से बीमार हैं, हालांकि उन्होंने पहले इससे इनकार किया था।"

"Estaré allí enseguida", dijo Gregor lentamente y con cuidado.
"मैं अभी आता हूँ," ग्रेगर ने धीरे और सावधानी से कहा।

Pero no hizo ningún movimiento hacia la puerta de la habitación.
लेकिन उसने कमरे के दरवाज़े की तरफ़ कोई हरकत नहीं की।

No quería perderse ni una palabra de la conversación.
वह बातचीत का एक भी शब्द नहीं खोना चाहता था।

El secretario jefe estuvo de acuerdo con la evaluación de la madre.
चीफ क्लर्क मां के असेसमेंट से सहमत था।

-Tampoco puedo explicarlo de otra manera, señora.
"मैं इसे किसी और तरीके से भी नहीं समझा सकता, मैडम।"

"Esperemos que no tenga ninguna enfermedad grave", dijo.
उन्होंने कहा, "हम सब उम्मीद करें कि उन्हें कोई गंभीर बीमारी नहीं है।"

"Por otro lado, es un peligro en nuestra industria".
"दूसरी ओर, यह हमारी इंडस्ट्री में एक खतरा है।"

"Nosotros, los empresarios, a menudo tenemos que superar el malestar."
"हम बिज़नेस करने वालों को अक्सर परेशानी से निपटना पड़ता है।"

"Los profesionales simplemente tienen que aguantar los dolores leves".
"प्रोफेशनल्स को बस थोड़ी सी तकलीफ़ों से गुज़रना पड़ता है।"

Mientras tanto su padre volvió a llamar a la otra puerta.
इस बीच उसके पिता ने फिर से दूसरे दरवाजे पर दस्तक दी।

"¿Puede entrar ahora el jefe de oficina?" quiso saber.
"क्या अब चीफ क्लर्क अंदर आ सकते हैं?" वह जानना चाहता था।

"No, no puede", respondió Gregor a la pregunta de su padre.
"नहीं, वह ऐसा नहीं कर सकता," ग्रेगर ने अपने पिता के सवाल पर जवाब दिया।

Un silencio incómodo cayó en la habitación de la izquierda.
बाईं ओर के कमरे में एक अजीब सी खामोशी छा गई।

En la habitación de la derecha la hermana comenzó a sollozar.
दाहिनी ओर के कमरे में बहन रोने लगी।

¿Por qué la hermana no se había ido a estar con los demás?
बहन दूसरों के साथ क्यों नहीं गई?

Probablemente acababa de levantarse de la cama, pensó.
उसने सोचा, शायद वह अभी-अभी बिस्तर से उठी होगी।

Es posible que ni siquiera haya empezado a vestirse todavía.
हो सकता है कि उसने अभी तक कपड़े पहनना भी शुरू नहीं किया हो।

Pero Gregor no podía entender por qué ella lloraba.
लेकिन ग्रेगर समझ नहीं पा रहा था कि वह क्यों रो रही है।

¿Fue porque no se levantó y dejó entrar al gerente?
क्या ऐसा इसलिए हुआ क्योंकि वह उठा नहीं और मैनेजर को अंदर नहीं आने दिया?

¿Fue porque estaba en peligro de perder su trabajo?
क्या ऐसा इसलिए था क्योंकि उसे अपनी नौकरी खोने का खतरा था?

¿Podría el jefe venir a buscar a los padres como antes?
क्या बॉस पहले की तरह माता-पिता के पीछे पड़ सकता है?

¿Iba a volver a hacerles las mismas exigencias de siempre?
क्या वह उनसे फिर से पुरानी मांगें करने वाला था?

Estas cosas probablemente no hacían que hubiera que preocuparse.
इन बातों के बारे में शायद चिंता करने की ज़रूरत नहीं थी।

Por el momento no tenía motivos para llorar.
फिलहाल उसके पास रोने का कोई कारण नहीं था।

Gregor todavía estaba allí, manteniendo a la familia.

ग्रेगर अभी भी यहीं था और परिवार का खर्च चला रहा था।

Y nunca tuvo intención de abandonar a la familia.
और उनका कभी भी परिवार छोड़ने का कोई इरादा नहीं था।

Por el momento, simplemente permaneció tendido sobre la alfombra.
कुछ देर के लिए वह वहीं कालीन पर लेटा रहा।

La familia desconocía la condición en la que se encontraba.
परिवार को नहीं पता था कि वह किस हालत में है।

Si lo hubieran sabido no habrían animado a su jefe.
अगर उन्हें पता होता तो वे उसके बॉस को बढ़ावा नहीं देते।

Ni siquiera habrían dejado entrar al gerente a la casa.
उन्होंने मैनेजर को भी घर में नहीं आने दिया।

No habría sido particularmente grosero rechazarlo.
उसे मना करना कोई खास बुरा बर्ताव नहीं होता।

Fácilmente podría haber encontrado una excusa adecuada más tarde.
बाद में वह आसानी से कोई सही बहाना ढूंढ सकता था।

No era algo por lo que lo hubieran podido despedir.
यह ऐसी बात नहीं थी जिसके लिए उन्हें नौकरी से निकाला जा सकता था।

Gregor pensó que ahora sería más sensato que lo dejaran solo.
ग्रेगर को लगा कि अब अकेले रहना ज़्यादा समझदारी होगी।

Molestarlo con llantos y conversaciones no sirvió de mucho.
उसे रोककर और बात करके परेशान करने से कुछ खास फायदा नहीं हुआ।

Pero fue la incertidumbre lo que molestó a los demás.
लेकिन यह अनिश्चितता थी जो दूसरों को परेशान कर रही थी।

Y fue esta incertidumbre la que justificó su comportamiento.
और इसी अनिश्चितता ने उनके व्यवहार को सही ठहराया।

—¡Señor Samsa! —gritó el gerente en voz alta.
"मिस्टर समसा," मैनेजर ने ऊंची आवाज़ में पुकारा।

"¿Qué te pasa?" quiso saber.
"तुम्हारे साथ क्या हो रहा है?" वह जानना चाहता था।

"Te has atrincherado en tu habitación."

"आपने अपने कमरे में खुद को बंद कर लिया है।"

"Solo puedes responder con un 'sí' o un 'no'."
"आप केवल 'हां' या 'नहीं' में उत्तर दें।"

"Estás causando serias preocupaciones a tus padres."
"तुम अपने माता-पिता को बहुत परेशान कर रहे हो।"

"No veo ninguna buena razón para preocuparlos".
"मुझे कोई अच्छा कारण नहीं दिख रहा कि आप उन्हें क्यों परेशान कर रहे हैं।"

"Hay otra cosa más que mencionaré de paso."
"एक और बात है जो मैं चलते-चलते बताना चाहूंगा।"

"También estás descuidando tus obligaciones comerciales hacia nosotros".
"आप हमारे प्रति अपने बिज़नेस के कामों को भी नज़रअंदाज़ कर रहे हैं।"

"Esa irresponsabilidad está totalmente fuera de tu carácter".
"ऐसी गैरजिम्मेदारी आपके स्वभाव से बिल्कुल अलग है।"

"Hablo aquí en nombre de tus padres y de tu jefe".
"मैं यहां आपके माता-पिता और आपके बॉस की ओर से बोल रहा हूं।"

"Y os pido una explicación inmediata y clara."
"और मैं आपसे तुरंत और साफ़ एक्सप्लेनेशन मांगता हूं।"

"Todo esto realmente me sorprende, debo decir".
"मुझे कहना होगा कि यह पूरी बात मुझे सच में हैरान करती है।"

"Pensé que te conocía como una persona tranquila y razonable."
"मुझे लगा कि मैं आपको एक शांत और समझदार इंसान के तौर पर जानता हूँ।"

"Pero ahora nos estás mostrando un lado diferente de ti".
"लेकिन अब आप हमें अपना एक अलग रूप दिखा रहे हैं।"

"De repente estás mostrando tus caprichos tan peculiares."
"अचानक से तुम अपनी अजीब हरकतें दिखा रहे हो।"

"Pero podría haber una explicación para tu fracaso".
"लेकिन आपकी नाकामी के लिए कोई वजह हो सकती है।"

"El jefe mencionó una deuda que usted había cobrado para nosotros."
"बॉस ने उस कर्ज़ का ज़िक्र किया जो आपने हमारे लिए वसूला था।"

"Le di al jefe mi palabra de honor en tu nombre".
"मैंने आपकी तरफ से बॉस को अपनी कसम दी है।"

"Pero ahora veo tu incomprensible terquedad."
"लेकिन अब मुझे तुम्हारी समझ से परे ज़िद दिख रही है।"

"Aún podría perder todo mi deseo de ayudarte."
"हो सकता है कि मैं अब भी आपकी मदद करने की अपनी इच्छा खो दूं।"

"Su seguridad laboral no es en absoluto totalmente estable".
"आपकी जॉब सिक्योरिटी किसी भी तरह से पूरी तरह स्टेबल नहीं है।"

"Originalmente tenía la intención de contarte todo esto en privado".
"असल में मेरा इरादा आपको यह सब अकेले में बताने का था।"

"Pero ahora veo que quieres que pierda mi tiempo aquí".
"लेकिन अब मैं देख रहा हूँ कि आप चाहते हैं कि मैं यहाँ अपना समय बर्बाद करूँ।"

"Así que no veo ninguna razón por la que tus padres no deberían saberlo."
"तो मुझे कोई कारण नहीं दिखता कि आपके माता-पिता को पता क्यों नहीं होना चाहिए।"

"Su desempeño reciente no ha sido satisfactorio."
"आपका हालिया प्रदर्शन संतोषजनक नहीं रहा है।"

"Reconozco que las ventas son más lentas en esta época del año".
"मैं मानता हूं कि साल के इस समय बिक्री धीमी है।"

"Pero no hay época del año en que no haya ventas".
"लेकिन साल का कोई भी समय ऐसा नहीं होता जब बिक्री न हो।"

Por un momento Gregor olvidó todo lo que le rodeaba.
एक पल के लिए ग्रेगर अपने आस-पास की हर चीज़ भूल गया।

—¡Pero señor Prokurist! —gritó Gregor desesperado.
"लेकिन मिस्टर प्रोकुरिस्ट," ग्रेगर निराशा में चिल्लाया।

"Abriré la puerta enseguida, ahora mismo, no te preocupes."
"मैं अभी दरवाज़ा खोल दूँगा, चिंता मत करो।"

"El problema es que me he estado sintiendo bastante mal."
"समस्या यह है कि मैं काफी अस्वस्थ महसूस कर रहा हूं।"

"Mi mareo me impidió llegar a la puerta."
"मुझे चक्कर आने की वजह से मैं दरवाज़े तक नहीं पहुँच पाया।"

"Todavía estoy en cama, pero me siento mucho mejor."
"मैं अभी भी बिस्तर पर लेटा हुआ हूँ, लेकिन मुझे बहुत बेहतर महसूस हो रहा है।"

"Un momento por favor, me estoy levantando de la cama."
"एक मिनट रुकिए, मैं अभी बिस्तर से उठ रहा हूँ।"

"Un momento de paciencia es todo lo que pido, señor Prokurist."
"मिस्टर प्रोकुरिस्ट, मैं बस एक पल का सब्र चाहता हूँ।"

"No va tan bien como pensaba, pero estaré bien".
"जैसा मैंने सोचा था, सब ठीक नहीं चल रहा है, लेकिन मैं ठीक हो जाऊंगा।"

"¿Cómo puede sucederle algo así a una persona tan rápidamente?"
"किसी व्यक्ति के साथ इतनी जल्दी ऐसा कैसे हो सकता है?"

"Me sentí bien anoche, mis padres lo saben."
"कल रात मैं ठीक महसूस कर रहा था, मेरे माता-पिता यह जानते हैं।"

"Pero quizá ya tuve una pequeña premonición entonces."
"लेकिन शायद मुझे पहले से ही थोड़ा सा अंदाज़ा हो गया था।"

"Quizás te preguntes por qué no lo reporté en la oficina".
"आप पूछ सकते हैं कि मैंने इसकी रिपोर्ट ऑफिस में क्यों नहीं की।"

"Pensé que me sentiría mucho mejor por la mañana".
"मुझे लगा कि सुबह मैं फिर से बेहतर महसूस करूंगा।"

"Uno siempre piensa que para entonces ya habrá superado la enfermedad."
"हमेशा यही लगता है कि तब तक वे बीमारी को हरा देंगे।"

";¡Pero por favor! ¡Libera a mis padres de estas acusaciones!"
"लेकिन प्लीज़! मेरे माता-पिता को इन इल्ज़ामों से बचा लो!"

"No me han dicho ni una palabra de lo que me contaste."
"आपने जो कुछ भी मुझे बताया है, उसके बारे में मुझे एक शब्द भी नहीं बताया गया है।"

"Puede que no hayas leído las últimas órdenes que envié".
"हो सकता है कि आपने मेरे भेजे गए पिछले ऑर्डर नहीं पढ़े हों।"

"Por cierto, no tienes que preocuparte por mí hoy."
"वैसे, आज आपको मेरी चिंता करने की ज़रूरत नहीं है।"

"Aun así voy a tomar el tren de las ocho."
"मैं अभी भी आठ बजे की ट्रेन लेने जा रहा हूँ।"

"Las pocas horas de descanso me han fortalecido bastante".
"कुछ घंटों के आराम ने मुझे काफी ताकत दी है।"

"Realmente no hay necesidad de esperar, gerente."
"मैनेजर, आपको इंतज़ार करने की कोई ज़रूरत नहीं है।"

"Yo también estaré en la oficina muy pronto."
"मैं भी बहुत जल्द ऑफिस में आ जाऊंगा।"

"Y por favor, ten la amabilidad de decirme algo bueno".
"और कृपया मेरे लिए एक अच्छी बात कहें।"

Gregor había pronunciado su explicación con bastante precipitación.
ग्रेगर ने अपनी बात बहुत जल्दी में कही थी।

Apenas sabía lo que realmente estaba tratando de decir.
उसे शायद ही पता था कि वह असल में क्या कहना चाह रहा था।

Se acercó a la caja y trató de usarla para ponerse de pie.
वह बॉक्स के पास गया और खड़े होने के लिए उसका इस्तेमाल करने की कोशिश की।

Realmente tenía toda la intención de abrir la puerta.
उसका सच में दरवाज़ा खोलने का पूरा इरादा था।

Quería ser visto por el representante autorizado.
वह चाहता था कि ऑथराइज़्ड रिप्रेज़ेंटेटिव उससे मिले।

Y quería resolver el problema con él personalmente.
और वह खुद उसके साथ मिलकर प्रॉब्लम सॉल्व करना चाहते थे।

Estaba ansioso por saber cómo reaccionarían los demás ante él.
वह यह जानने के लिए उत्सुक था कि दूसरे लोग उस पर क्या प्रतिक्रिया देंगे।

Ya deben estar ansiosos por ver cómo está.
अब तो वे भी यह देखने के लिए उत्सुक होंगे कि वह कैसा है।

Había dos formas posibles en las que podían reaccionar ante él.

उनके पास उस पर रिएक्ट करने के दो तरीके थे।

Una posibilidad era que estuvieran asustados.
एक संभावना यह थी कि वे डर जाएंगे।

Si estaban asustados entonces él no tenía ninguna
responsabilidad.
अगर वे डरे हुए थे तो उसकी कोई ज़िम्मेदारी नहीं थी।

Y entonces no tendría que preocuparse por la situación.
और फिर उसे स्थिति के बारे में चिंता करने की ज़रूरत नहीं होगी।

Pero también había otra posibilidad en la que pensar.
लेकिन इसके बारे में सोचने के लिए एक और संभावना भी थी।

Quizás aceptarían con calma su forma de ser.
शायद वे शांति से उसे वैसे ही स्वीकार कर लेंगे जैसा वह था।

Entonces Gregor tampoco tendría motivos para enojarse.
तब ग्रेगर के पास भी परेशान होने का कोई कारण नहीं होगा।

Todavía habría tiempo suficiente para coger el tren.
ट्रेन पकड़ने के लिए अभी भी काफी समय होगा।

Sin embargo, mantenerse en pie no fue una tarea fácil.
हालाँकि, सीधा खड़ा होना कोई आसान काम नहीं था।

En sus primeros intentos se resbaló de la caja.
अपनी पहली कई कोशिशों में वह बॉक्स से फिसल गया।

La caja era demasiado lisa para que él pudiera apoyarse
contra ella.
बक्सा इतना चिकना था कि वह उसके सामने खड़ा नहीं हो सका।

Y finalmente se dio un último empujón para ponerse de pie.
और आखिरकार उसने खड़े होने के लिए खुद को एक आखिरी धक्का दिया।

Ya no le prestó más atención al dolor en su abdomen.
उसने अपने पेट के दर्द पर कोई ध्यान नहीं दिया।

No importaba cuánto dolor sintiera, él lo superaría.
चाहे कितना भी दर्द हो, वह उससे उबर जाएगा।

Se dejó caer contra el respaldo de una silla cercana.
वह पास की कुर्सी के पीछे गिर गया।

Y se agarró a los bordes con sus pequeñas piernas.
और उसने अपने छोटे पैरों से किनारों को पकड़ रखा था।

En ese momento ya tenía más control de sí mismo.
इस समय तक उसे खुद पर ज़्यादा कंट्रोल मिल गया था।

Y su caída fue más silenciosa que la anterior.
और उसका पतन पिछले पतन से ज़्यादा चुपचाप हुआ।

Porque tenía que escuchar lo que decía el gerente.
क्योंकि उसे मैनेजर की बात सुननी थी।

¿Entendieron algo de eso?, preguntó a los padres.
"क्या आपको यह सब समझ में आया?" उसने माता-पिता से पूछा।

"No se burlaría de nosotros, ¿verdad?"
"वह हमें बेवकूफ़ तो नहीं बनाएगा, है न?"

—¡Por Dios! —gritó la madre, ya llorando.
"भगवान के लिए," माँ ने रोते हुए कहा।

"Puede que esté gravemente enfermo y lo estamos
atormentando".
"हो सकता है कि वह गंभीर रूप से बीमार हो और हम उसे परेशान कर रहे
हों।"

"¡Grete! ¡Grete!", le gritó a la hija.
"ग्रेटे! ग्रेटे!" वह बेटी से चिल्लाई।

"¿Mamá?" llamó la hermana desde el otro lado.
"माँ?" दूसरी तरफ से बहन ने पुकारा।

Luego se comunicaron a través de la habitación de Gregor.
फिर उन्होंने ग्रेगर के कमरे से बातचीत की।

Gregor está muy enfermo y necesita medicamentos.
"ग्रेगर बहुत बीमार है और उसे दवा की ज़रूरत है।"

"Tendrás que ir al médico inmediatamente."
"तुम्हें तुरंत डॉक्टर के पास जाना होगा।"

¿Escuchaste cómo habló Gregor hace un momento?
"क्या तुमने सुना कि ग्रेगर ने अभी कैसे बात की?"

"Esa era la voz de un animal", dijo el gerente.
मैनेजर ने कहा, "यह किसी जानवर की आवाज़ थी।"

Sus palabras eran silenciosas comparadas con los gritos de la
madre.
माँ की चीखों की तुलना में उसके शब्द शांत थे।

—¡Anna! ¡Anna! —llamó el padre desde la antesala.
"अन्ना! अन्ना!" पिता ने एंटरूम से पुकारा।

Y aplaudió para llamar su atención.
और उन्होंने उनका ध्यान खींचने के लिए ताली बजाई।

"¡Llama a un cerrajero inmediatamente!" le ordenó a la criada.
"तुरंत एक ताला बनाने वाले को बुलाओ!" उसने नौकरानी को आदेश दिया।

Las muchachas, con sus faldas, corrían por la antesala.
लड़कियाँ अपनी स्कर्ट पहने हुए, एंटरूम से भागीं।

Y sus faldas crujieron mientras corrían frente a su habitación.
और जब वे उसके कमरे के पास से भागीं तो उनकी स्कर्ट में सरसराहट हुई।

"¿Cómo se vistió la hermana tan rápido?" pensó.
"बहन ने इतनी जल्दी कैसे कपड़े पहन लिए?" उसने सोचा।

La puerta se abrió de golpe, pero no se cerró de golpe.
दरवाज़ा तो टूट गया था, लेकिन उसे ज़ोर से बंद नहीं किया गया था।

Esto es común en los hogares donde ocurre una gran desgracia.
यह उन घरों में आम बात है जहां कोई बड़ी मुसीबत आती है।

Pero todo esto había hecho que Gregor se volviera mucho más tranquilo.
लेकिन इन सब बातों से ग्रेगर काफी शांत हो गया था।

Cuando escuchó sus propias palabras le parecieron claras.
जब उसने अपनी बातें सुनीं तो वे उसे साफ़ लगीं।

De hecho, sintió que sus palabras habían sido más claras.
असल में उसे लगा कि उसकी बातें ज़्यादा साफ़ हो गई थीं।

Pero los demás ya no entendían lo que decía.
लेकिन बाकी लोगों को अब समझ नहीं आ रहा था कि वह क्या कह रहा है।

Quizás ya se había acostumbrado a sus oídos.
शायद अब तक उसे अपने कानों की आदत हो गई थी।

Pero al menos ahora entendían mejor su situación.
लेकिन कम से कम अब वे उसकी स्थिति को बेहतर ढंग से समझ गए थे।

Se dieron cuenta de que realmente había algo mal con él.

उन्हें एहसास हुआ कि सच में उसके साथ कुछ गड़बड़ है।

Y ahora estaban haciendo todo lo que podían para ayudarlo.
और अब वे उसकी मदद करने के लिए हरसंभव कोशिश कर रहे थे।

Esto le dio a Gregor una sensación de confianza que le faltaba.
इससे ग्रेगर को आत्मविश्वास की वह भावना मिली जो उसमें नहीं थी।

Y se sintió nuevamente mucho más seguro en la familia.
और उसे परिवार में फिर से ज़्यादा सुरक्षित महसूस होने लगा।

Se sintió incluido nuevamente en el círculo humano.
उसे लगा कि वह फिर से इंसानों के ग्रुप में शामिल हो गया है।

Ahora tenía que esperar que el cerrajero pudiera abrir la puerta.
अब उसे उम्मीद करनी थी कि ताला बनाने वाला दरवाज़ा खोल देगा।

Y esperaba que el médico pudiera realizar tales tareas.
और उन्हें उम्मीद थी कि डॉक्टर ऐसे काम कर सकेंगे।

Pronto tendría que hablar más.
उसे जल्द ही फिर से ज़्यादा बातें करनी होंगी।

Su voz tendría que ser lo más clara posible.
उसकी आवाज़ जितनी हो सके साफ़ होनी चाहिए थी।

Para prepararse para la reunión se aclaró la garganta.
मीटिंग की तैयारी के लिए उसने अपना गला साफ़ किया।

Sin embargo, hizo todo lo posible para toser muy silenciosamente.
हालाँकि, उन्होंने बहुत धीरे से खांसने की पूरी कोशिश की।

El ruido podría haber sonado diferente a una tos humana.
यह आवाज़ इंसान की खांसी से अलग लग सकती है।

Sabía que ya no podía diferenciar esas cosas.
वह जानता था कि अब वह ऐसी चीज़ों में फ़र्क नहीं कर सकता।

En la habitación contigua reinaba un silencio absoluto.
अगले कमरे में पूरी तरह शांति हो गई थी।

Los padres probablemente estaban sentados a la mesa.
माता-पिता शायद टेबल पर बैठे थे।

Quizás estaban susurrando con el gerente.

वे शायद मैनेजर से कानाफूसी कर रहे होंगे।

Quizás todos estaban apoyados en la puerta y escuchando.
शायद सब लोग दरवाज़े पर झुककर सुन रहे थे।

Gregor empujó lentamente la silla hacia la puerta.
ग्रेगर ने धीरे से कुर्सी को दरवाजे की ओर धकेला।

Empujó la puerta y se mantuvo en pie.
उसने दरवाज़े को धक्का दिया और खुद को सीधा खड़ा कर लिया।

Se enteró de que las almohadillas de sus pies tenían un poco de pegamento.
उसे पता चला कि उसके पैरों के तलवों में थोड़ा सा गोंद लगा हुआ था।

Y descansó allí un momento del esfuerzo.
और वह थकान से कुछ देर के लिए वहीं आराम करने लगा।

Después de descansar lo suficiente, comenzó con la siguiente tarea.
काफ़ी आराम करने के बाद, वह अगला काम करने लगा।

Empezó a girar la llave en la cerradura con la boca.
वह अपने मुंह से ताले में चाबी घुमाने लगा।

Desafortunadamente, parecía que no tenía dientes reales.
दुर्भाग्य से, ऐसा लग रहा था कि उसके पास असली दांत नहीं थे।

¿Pero qué otra forma tenía de conseguir las llaves?
लेकिन उसके पास चाबियाँ हथियाने का और क्या तरीका था?

Afortunadamente para él, sus mandíbulas eran, por supuesto, muy fuertes.
खुशकिस्मती से उसके जबड़े बहुत मजबूत थे।

Con la ayuda de sus mandíbulas realmente consiguió mover la llave.
अपने जबड़ों की मदद से उसने सच में चाबी को हिला दिया।

No tenía ninguna duda de que él también se estaba haciendo daño.
उसे इस बात में कोई शक नहीं था कि वह खुद को भी नुकसान पहुंचा रहा है।

Porque de su boca salía un líquido marrón.
क्योंकि उसके मुंह से भूरे रंग का लिक्विड निकल रहा था।

El líquido marrón fluyó sobre la llave y por la puerta.

भूरे रंग का लिक्विड चाबी के ऊपर से बहकर दरवाज़े से नीचे चला गया।

Pero a Gregorio no le importaba hacerse daño a sí mismo.
लेकिन ग्रेगर को इस बात की परवाह नहीं थी कि वह खुद को नुकसान पहुंचा रहा है।

"¿Puedes oír eso?" dijo el gerente en la habitación de al lado.
"क्या आप यह सुन सकते हैं?" अगले कमरे में मैनेजर ने कहा।

"Está girando la llave", había notado el gerente.
मैनेजर ने देखा, "वह चाबी घुमा रहा है।"

Estas palabras fueron un gran estímulo para Gregor.
ये शब्द ग्रेगर के लिए बहुत हिम्मत देने वाले थे।

Pero el padre y la madre también deberían haber gritado:
लेकिन पिता और माता को भी चिल्लाना चाहिए था:

«¡Bien, Gregor!», deberían haberle gritado.
"अच्छा, ग्रेगर," उन्हें उससे चिल्लाकर कहना चाहिए था।

"Sigue adelante, sigue girando esa llave, puedes lograrlo".
"चलते रहो, चाबी घुमाते रहो, तुम यह कर सकते हो।"

Pero Gregor tuvo que imaginarse su emoción.
लेकिन इसके बजाय ग्रेगर को उनके उत्साह की कल्पना करनी पड़ी।

Apretó las mandíbulas con toda la fuerza que tenía.
उसने पूरी ताकत से अपने जबड़े भींच लिये।

Y continuó girando la llave en la cerradura.
और वह ताले में चाबी घुमाता रहा।

Dolorosamente su cuerpo se retorció en un círculo.
दर्द से उसका शरीर गोल-गोल घूम रहा था।

Ahora se mantenía erguido únicamente con la boca.
अब वह सिर्फ़ अपने मुंह के सहारे खुद को सीधा रख रहा था।

Para seguir girando la llave presionó contra la puerta.
चाबी घुमाते रहने के लिए उसने दरवाज़े पर ज़ोर लगाया।

Finalmente el chasquido de la cerradura despertó de nuevo a Gregor.
आखिरकार ताला टूटने की आवाज़ से ग्रेगर फिर से जाग गया।

"Así que no necesité al cerrajero", suspiró aliviado.

"तो मुझे ताला बनाने वाले की ज़रूरत नहीं पड़ी," उसने राहत की सांस ली।

Ahora sólo faltaba abrir la puerta que había desbloqueado.
अब उसे बस वह दरवाज़ा खोलना था जिसे उसने खोला था।

Y con la cabeza en el pomo abrió la puerta.
और हैंडल पर सिर रखकर उसने दरवाज़ा खोल दिया।

Estaba detrás de la puerta que daba a su habitación.
वह दरवाज़े के पीछे था, जो उसके कमरे में खुलता था।

Así que la puerta ya estaba abierta antes de que pudiera ser visto.
इसलिए उसे देखे जाने से पहले ही दरवाज़ा खुला हुआ था।

A continuación tuvo que maniobrar para rodear la puerta.
इसके बाद उसे दरवाज़े के चारों ओर खुद को घुमाना पड़ा।

Este difícil movimiento también requirió mucho esfuerzo.
इस मुश्किल मूवमेंट में भी बहुत मेहनत लगी।

No quería caer torpemente en la habitación contigua.
वह अगले कमरे में अनाड़ीपन से गिरना नहीं चाहता था।

Así que no tuvo tiempo de prestar atención a nada más.
इसलिए उसके पास किसी और चीज़ पर ध्यान देने का समय नहीं था।

Pero entonces oyó al jefe de oficina exclamar en voz alta: "¡Oh!".
लेकिन तभी उसने चीफ क्लर्क को ज़ोर से "ओह!" कहते सुना।

Sonaba como si el viento corriera a través de la casa.
ऐसा लग रहा था जैसे हवा घर में तेज़ी से चल रही हो।

Resultó que él era el que estaba más cerca de la puerta.
वह दरवाज़े के सबसे पास खड़ा था।

Y al verlo, se llevó la mano a la boca.
और अब, उसे देखकर, उसने अपना हाथ अपने मुंह पर दबा लिया।

Se movió lentamente hacia atrás, alejándose de Gregor.
वह धीरे-धीरे पीछे की ओर खिसका, ग्रेगर से दूर।

Pero era como si una fuerza invisible actuara sobre él.
लेकिन ऐसा लग रहा था जैसे कोई अदृश्य शक्ति उस पर काम कर रही हो।

Lo primero que hizo la madre fue mirar al padre.
माँ ने सबसे पहले पिता की ओर देखा।

A pesar de la presencia del gerente, su cabello estaba despeinado.
मैनेजर के होने के बावजूद उसके बाल बिखरे हुए थे।

Desplegó los brazos y dio dos pasos hacia adelante.
उसने अपनी बाहें फैलाई और दो कदम आगे बढ़ी।

Pero entonces se desplomó en medio de su falda.
लेकिन फिर वह अपनी स्कर्ट के बीच में गिर गई।

Su vestido se extendió a su alrededor en el suelo.
उसकी ड्रेस फर्श पर उसके चारों ओर फैल गई।

Y su cabeza desapareció sobre sus propios pechos.
और उसका सिर उसके अपने स्तनों पर गायब हो गया।

El padre apretó el puño con expresión hostil.
पिता ने गुस्से से अपनी मुट्ठी भींच ली।

Parecía querer que Gregor fuera empujado de nuevo a su habitación.
ऐसा लग रहा था कि वह ग्रेगर को वापस अपने कमरे में धकेलना चाहता था।

Luego miró con incertidumbre alrededor de la sala de estar.
फिर उसने अनिश्चित रूप से लिविंग रूम में चारों ओर देखा।

Y finalmente se cubrió los ojos entre las manos.
और आखिर में उसने अपनी आंखों को अपने हाथों से ढक लिया।

Y lloró amargamente hasta que su poderoso pecho se estremeció.
और वह फूट-फूट कर रोया जब तक कि उसकी बड़ी छाती कांप नहीं उठी।

Gregor en realidad no entró en su habitación.
ग्रेगर असल में उनके कमरे में गया ही नहीं।

En lugar de eso, se apoyó contra el marco de la puerta.
इसके बजाय वह दरवाज़े के फ्रेम से टिक गया।

Para los que estaban desde fuera solo era visible la mitad de su cuerpo.
बाहर खड़े लोगों को उसका आधा शरीर ही दिखाई दे रहा था।

Y encima de su cuerpo estaba su cabeza, inclinada hacia un lado.
और उसके शरीर के ऊपर उसका सिर एक तरफ झुका हुआ था।

Para entonces la luz se había vuelto mucho más brillante que antes.
अब तक रोशनी पहले से कहीं ज़्यादा तेज़ हो गई थी।

Ahora se podía ver claramente el otro lado de la calle.
अब सड़क का दूसरा किनारा साफ़-साफ़ देखा जा सकता था।

Apareció una sección del interminable y gris hospital.
कभी न खत्म होने वाले, ग्रे रंग के अस्पताल का एक हिस्सा सामने आया।

La lluvia de la mañana aún no había parado del todo de caer.
सुबह की बारिश अभी पूरी तरह से बंद नहीं हुई थी।

Pero ahora las gotas de lluvia eran más grandes y estaban más separadas.
लेकिन अब बारिश की बूंदें बड़ी और दूर-दूर थीं।

Los platos del desayuno estaban en abundancia en la mesa.
नाश्ते के व्यंजन मेज पर बहुत सारे थे।

El padre pensaba que el desayuno era la comida más importante.
पिता को नाश्ता सबसे ज़रूरी खाना लगता था।

El desayuno era una comida que se prolongaba durante horas.
नाश्ता ऐसा खाना था जिसे वह घंटों तक खींचता था।

Y en esas horas leía los distintos periódicos.
और इन घंटों में वह अलग-अलग अखबार पढ़ते थे।

Justo en la pared opuesta colgaba una fotografía de Gregor.
ठीक सामने वाली दीवार पर ग्रेगर की एक तस्वीर टंगी थी।

La fotografía en la pared lo mostraba como teniente.
दीवार पर लगी तस्वीर में उन्हें लेफ्टिनेंट के रूप में दिखाया गया था।

Era una fotografía de su época en el ejército.
यह उस समय की तस्वीर थी जब वह मिलिट्री में थे।

Su mano estaba sobre su espada y tenía una sonrisa despreocupada.
उसका हाथ तलवार पर था और उसकी मुस्कान बेफिक्र थी।

Su postura y su uniforme exigían cierto respeto.

उनके हाव-भाव और उनकी यूनिफॉर्म के लिए एक खास सम्मान की ज़रूरत थी।

La otra puerta que conducía a la antesala también estaba abierta.
एंटरूम की ओर जाने वाला दूसरा दरवाज़ा भी खुला था।

Y la puerta del apartamento todavía estaba abierta también.
और अपार्टमेंट का दरवाज़ा भी अभी खुला था।

Se podía ver hasta el patio delantero del apartamento.
अपार्टमेंट के फोरकोर्ट तक सब कुछ देखा जा सकता था।

Y luego las escaleras conducían a la calle de abajo.
और फिर सीढ़ियाँ नीचे सड़क पर जाती थीं।

Gregor fue el único que mantuvo la compostura.
ग्रेगर ही अकेला था जिसने अपना धैर्य बनाए रखा था।

Él vio esto, por lo que la conversación era su responsabilidad.
उन्होंने यह देखा, इसलिए बातचीत उनकी ज़िम्मेदारी थी।

"Bueno, ahora me voy a vestir para ir a trabajar", dijo.
"ठीक है, अब मैं काम के लिए तैयार होने जा रहा हूँ," उसने कहा।

"Después de haber empaquetado las muestras textiles, me iré."
"टेक्सटाइल सैंपल पैक करने के बाद मैं चला जाऊंगा।"

"¿Aún tiene intención de dispararme, señor Prokurist?"
"क्या आप अभी भी मुझे नौकरी से निकालने का इरादा रखते हैं, मिस्टर प्रोकुरिस्ट?"

"Como puedes ver, no soy tan terco como pensabas."
"जैसा कि आप देख सकते हैं, मैं उतना जिद्दी नहीं हूँ जितना आपने सोचा था।"

"Y puedes ver que después de todo me gusta trabajar".
"और आप देख सकते हैं कि मुझे काम करना पसंद है।"

"Puedo admitir que viajar por trabajo no es fácil".
"मैं यह मानता हूं कि काम के लिए ट्रैवल करना आसान नहीं है।"

"Pero también puedo aceptar que es parte de mi trabajo".
"लेकिन मैं यह भी मान सकता हूं कि यह मेरे काम का हिस्सा है।"

"Gerente, ¿adónde va? ¿De vuelta a la oficina?"

"मैनेजर, आप कहाँ जा रहे हैं? वापस ऑफिस?"

"¿Informarás verazmente de todo lo que has visto?"
"क्या आप जो कुछ भी देखा है, उसे सच-सच बताएंगे?"

"A veces sucede que uno no puede ir a trabajar."
"कभी-कभी ऐसा होता है कि कोई काम पर नहीं जा पाता।"

"Este es el momento adecuado para recordar los logros
pasados".
"यह पिछली उपलब्धियों को याद करने का सही समय है।"

"Después de eliminar la dificultad, uno trabaja aún mejor."
"मुश्किल दूर करने के बाद, व्यक्ति और भी बेहतर काम करता है।"

"Mi diligencia y concentración aumentarán".
"मेरी मेहनत और एकाग्रता बढ़ने वाली है।"

"Sabes muy bien que estoy en deuda con el jefe."
"आप अच्छी तरह जानते हैं कि मैं बॉस का ऋणी हूँ।"

"Pero también estoy preocupada por mis padres y mi
hermana".
"लेकिन, मुझे अपने माता-पिता और अपनी बहन की भी चिंता है।"

"Estoy en una situación difícil, pero encontraré la manera de
salir de ella".
"मैं मुश्किल में हूँ, लेकिन मैं इससे बाहर निकल जाऊँगा।"

"No hagas esto más difícil de lo que ya es."
"इसे पहले से ज़्यादा मुश्किल मत बनाओ।"

"Como compañeros de trabajo también tenemos que
ayudarnos unos a otros".
"साथ काम करने वालों के तौर पर हमें भी एक-दूसरे की मदद करनी होगी।"

"Sé que a los trabajadores de oficina no les gustan los
viajeros".
"मुझे पता है कि ऑफिस के कर्मचारियों को यात्री पसंद नहीं हैं।"

"¿Crees que ganamos una fortuna y llevamos una buena
vida?"
"आपको लगता है कि हम बहुत पैसा कमाते हैं और अच्छी ज़िंदगी जीते हैं।"

"No tienen ningún motivo real para considerar sus
prejuicios".

"उनके पास अपने भेदभाव पर विचार करने का कोई असली कारण नहीं है।"

"Pero usted, oficial autorizado, tiene un papel diferente."
"लेकिन आप, ऑथराइज़्ड ऑफिसर, का रोल अलग है।"

"Tienes una mejor visión general que el resto del personal".
"आपका ओवरव्यू दूसरे स्टाफ़ से बेहतर है।"

"De hecho, creo que probablemente tengas la mejor visión general".
"असल में मुझे लगता है कि आपके पास सबसे अच्छा ओवरव्यू हो सकता है।"

"Tienes una visión mejor que el propio jefe".
"आपके पास बॉस से भी बेहतर ओवरव्यू है।"

"Admito que el jefe hace el trabajo empresarial".
"मैं मानता हूं कि बॉस एंटरप्रेन्योरियल काम करता है।"

"Pero es fácil que sus juicios sean erróneos."
"लेकिन उनके फ़ैसलों को गुमराह करना आसान है।"

"Y estos pequeños errores de juicio pueden ser en nuestro detrimento".
"और ये छोटी-छोटी गलतफहमियां हमारे लिए नुकसानदायक हो सकती हैं।"

"Ya sabes lo fácil que es hablar del viajero."
"आप जानते हैं कि यात्री के बारे में बात करना कितना आसान है।"

"Él no está allí para defender su reputación de los chismes".
"वह गॉसिप से अपनी रेप्युटेशन बचाने के लिए वहां नहीं है।"

"Esas acusaciones pueden fácilmente ser meras coincidencias".
"ये आरोप आसानी से सिर्फ़ इत्तेफ़ाक हो सकते हैं।"

"Muchas quejas ni siquiera tienen su base en ninguna verdad."
"कई शिकायतों में कोई सच्चाई भी नहीं होती।"

"Está fuera de la oficina casi todo el año."
"वह लगभग पूरे साल ऑफिस से बाहर रहते हैं।"

¿Qué posibilidades tiene de defender su propia reputación?
"अपनी इज़्ज़त बचाने का उसके पास क्या मौका है?"

"Ni siquiera se entera de las acusaciones".

"उसे आरोपों के बारे में सुनने को भी नहीं मिलता।"

"Se entera de lo que se ha dicho cuando ya es demasiado tarde."
"उसे तब पता चलता है कि क्या कहा गया था जब बहुत देर हो चुकी होती है।"

A estas alturas ya está exhausto por el viaje del día.
"उस समय तक वह दिन भर की यात्रा से थक चुका होता है।"

"De todos modos, tendrá que experimentar las terribles consecuencias".
"उसे वैसे भी भयानक नतीजे भुगतने होंगे।"

"Aunque no tiene forma de entender el problema."
"भले ही उसके पास समस्या को समझने का कोई तरीका नहीं है।"

"Oh, gerente, no se vaya sin decirme una palabra".
"ओह मैनेजर, मुझसे एक शब्द कहे बिना मत जाना।"

"Al menos dime que estás de acuerdo conmigo en parte."
"कम से कम मुझे यह तो बताओ कि तुम मुझसे कुछ हद तक सहमत हो।"

Pero el manager se había alejado de Gregor mucho antes.
लेकिन मैनेजर ने ग्रेगर से बहुत पहले ही मुंह मोड़ लिया था।

Su hombro se contrajo cuando volvió a mirar a Gregor.
जब उसने ग्रेगर की ओर देखा तो उसका कंधा हिल गया।

Y no se quedó quieto ni un solo momento durante su discurso.
और भाषण के दौरान वह एक बार भी खड़े नहीं हुए।

Él había mirado a Gregor con los labios fruncidos.
वह होंठ सिकोड़कर ग्रेगर की ओर देख रहा था।

Se había ido retirando gradualmente hacia la puerta.
वह धीरे-धीरे दरवाज़े की ओर पीछे हट रहा था।

Pero tampoco podía apartar la mirada de Gregor.
लेकिन वह ग्रेगर से अपनी नज़रें नहीं हटा पा रहा था।

Sintió como si hubiera una prohibición secreta de salir de la habitación.
उसे ऐसा लगा जैसे कमरे से बाहर निकलने पर कोई सीक्रेट बैन लगा हो।

Pero a estas alturas ya estaba en el vestíbulo de entrada.
लेकिन इस समय तक वह पहले ही एंट्रेंस हॉल में पहुंच चुका था।

Y ahora hizo un movimiento repentino hacia la salida.
और अब वह अचानक बाहर निकलने की ओर बढ़ा।

Extendió su mano derecha hacia las escaleras.
उसने अपना दाहिना हाथ सीढ़ियों की ओर बढ़ाया।

Quizás una fuerza sobrenatural estaba esperando para salvarlo.
शायद कोई अलौकिक शक्ति उसे बचाने के लिए इंतज़ार कर रही थी।

Gregor sabía que no podía permitir que se fuera así.
ग्रेगर जानता था कि वह उसे इस तरह जाने नहीं दे सकता।

El gerente no debe regresar con el mismo humor en el que estaba.
मैनेजर को उस मूड में वापस नहीं आना चाहिए जिसमें वह था।

La seguridad del trabajo de Gregor estaba en grave peligro.
ग्रेगर की नौकरी की सुरक्षा बहुत खतरे में थी।

Los padres no podían comprender plenamente todo esto.
माता-पिता यह सब पूरी तरह समझ नहीं पाए।

Con los años se habían acostumbrado a su seguridad laboral.
इतने सालों में उन्हें उसकी जॉब सिक्योरिटी की आदत हो गई थी।

Y se convencieron de que tenía el trabajo de por vida.
और उन्हें यकीन हो गया था कि उसे ज़िंदगी भर के लिए यह नौकरी मिल गई है।

En lugar de eso, se habían ocupado de otras preocupaciones.
इसके बजाय वे दूसरी चिंताओं में व्यस्त हो गए थे।

Pero estas preocupaciones les hicieron perder toda previsión.
लेकिन इन चिंताओं के कारण वे सारी दूरदर्शिता खो बैठे।

Gregor, sin embargo, no había perdido la previsión paterna.
हालाँकि, ग्रेगर ने माता-पिता की दूरदर्शिता नहीं खोई थी।

Alguien tenía que detener al representante autorizado.
किसी को तो ऑथराइज़्ड रिप्रेजेंटेटिव को रोकना ही था।

Iba a tener que calmarlo y convencerlo.
उसे उसे शांत करना था और समझाना था।

¡El futuro de Gregor y su familia dependía de ello!
ग्रेगर और उसके परिवार का भविष्य इस पर निर्भर था!

Ojalá la inteligente hermana hubiera estado allí para ayudar.
काश, समझदार बहन यहाँ मदद के लिए होती।

Ella ya había llorado cuando Gregor todavía estaba en su habitación.
जब ग्रेगर अपने कमरे में था, तब वह रो चुकी थी।

En ese momento él simplemente yacía tranquilamente boca arriba.
उस समय वह बस चुपचाप पीठ के बल लेटा हुआ था।

Ella ya sabía entonces la importancia de la situación.
वह उस समय स्थिति के महत्व को पहले से ही जानती थी।

El gerente tenía una debilidad bien conocida por las mujeres.
मैनेजर को महिलाओं से बहुत लगाव था।

Ella fácilmente podría haberlo persuadido para que se quedara más tiempo.
वह आसानी से उसे और ज़्यादा देर तक रुकने के लिए मना सकती थी।

Ella habría cerrado la puerta y lo habría guiado adentro.
वह दरवाज़ा बंद करके उसे वापस अंदर ले जाती।

Pero desafortunadamente la hermana había ido a buscar un médico.
लेकिन दुर्भाग्य से बहन डॉक्टर के पास चली गई थी।

Así que Gregor no tuvo más remedio que hacerlo él mismo.
इसलिए ग्रेगर के पास खुद ही यह काम करने के अलावा कोई चारा नहीं था।

No había considerado cuáles eran realmente sus habilidades.
उसने यह नहीं सोचा था कि उसकी काबिलियत असल में क्या है।

Y se había olvidado de desconfiar de su capacidad de hablar.
और वह अपनी बोलने की क्षमता पर भरोसा करना भूल गया था।

Pero aún así, abandonó la seguridad de su habitación.
लेकिन फिर भी, उन्होंने अपने कमरे की सिक्योरिटी छोड़ दी।

Y se abrió paso a través de la abertura de la habitación.
और वह खुद को कमरे के खुले रास्ते से धकेलता हुआ अंदर आया।

El gerente ya estaba bajando las escaleras.
मैनेजर पहले ही सीढ़ियों से नीचे उतर रहा था।

Pero él se agarraba a la barandilla con ambas manos.
लेकिन वह दोनों हाथों से रेलिंग को पकड़े हुए था।

Gregor se cayó mientras intentaba atravesar la puerta.
ग्रेगर दरवाज़े से धक्का देकर अंदर घुसते ही गिर गया।

Dejó escapar un pequeño grito mientras trataba de agarrar algo para apoyarse.
सहारा लेते हुए उसने हल्की सी चीख मारी।

Pero en lugar de pánico, sintió un bienestar físico.
लेकिन घबराने के बजाय, उन्हें शारीरिक रूप से अच्छा महसूस हुआ।

Por primera vez esa mañana algo se sintió bien.
उस सुबह पहली बार कुछ सही लगा।

Todas sus piernas ahora tenían tierra sólida debajo de ellas.
अब उसके सभी पैरों के नीचे ठोस ज़मीन थी।

Se sorprendió de lo bien que podía controlar sus piernas.
वह हैरान था कि वह अपने पैरों को कितनी अच्छी तरह कंट्रोल कर सकता था।

Se alegró de notar que sus piernas le obedecían completamente.
वह यह देखकर खुश हुआ कि उसके पैर पूरी तरह से उसकी बात मान रहे थे।

De hecho, sus piernas lo llevaban a donde quería.
असल में उसके पैर उसे जहाँ भी वह चाहता था, वहाँ ले जाते थे।

Pronto todas sus penas estaban destinadas a llegar a su fin.
जल्द ही उसके सारे दुख खत्म होने वाले थे।

Pero en ese mismo momento su propia madre saltó.
लेकिन उसी समय उसकी माँ भी उछल पड़ी।

Sus brazos estaban extendidos y sus dedos separados.
उसकी बाहें फैली हुई थीं और उंगलियां फैली हुई थीं।

Y ella gritó: "¡Socorro! ¡Por el amor de Dios, que alguien ayude!"
और वह चिल्लाई, "बचाओ, भगवान के लिए कोई मदद करो!"

Ella inclinó la cabeza; quería ver mejor a Gregor.
उसने अपना सिर झुकाया; वह ग्रेगर को बेहतर तरीके से देखना चाहती थी।

Pero en contraposición a la primera acción, ella corrió hacia atrás.

लेकिन पहली हरकत से घबराकर वह वापस भाग गई।

Se había olvidado que la mesa estaba puesta detrás de ella.
वह भूल गई थी कि टेबल उसके पीछे रखी थी।

Todos los elementos para el desayuno todavía estaban en la mesa.
नाश्ते की सारी चीजें अभी भी टेबल पर थीं।

Se sentó apresuradamente en la mesa, como distraída.
वह जल्दी से टेबल पर बैठ गई, जैसे उसका ध्यान भटक गया हो।

Y ella no pareció darse cuenta del café derramado.
और ऐसा लगा कि उसे कॉफी गिरने का पता ही नहीं चला।

El café que ahora estaba empapando la alfombra.
कॉफी अब कालीन में भीग रही थी।

—Mamá, madre —dijo Gregor suavemente, mirándola.
"माँ, माँ," ग्रेगर ने धीरे से कहा, उसकी ओर देखते हुए।

Por el momento el manager no era importante para él.
फिलहाल मैनेजर उसके लिए महत्वपूर्ण नहीं था।

Pero también estaba el café goteando sobre la alfombra.
लेकिन वहाँ कॉफी भी कालीन पर टपक रही थी।

Gregor no pudo resistirse a chasquear las mandíbulas al tomar el café.
ग्रेगर कॉफी को देखकर अपने जबड़े चटकाने से खुद को रोक नहीं सका।

La madre comenzó a llorar nuevamente por su comportamiento.
उसके व्यवहार के कारण माँ फिर से रोने लगी।

Ella saltó de la mesa para distanciarse de él.
वह उससे दूरी बनाने के लिए टेबल से कूद गई।

Y ella corrió a los brazos del padre, buscando seguridad.
और वह सुरक्षा के लिए अपने पिता की बाहों में भाग गई।

Pero Gregor ya no tenía tiempo que perder con sus padres.
लेकिन अब ग्रेगर के पास अपने माता-पिता के लिए समय नहीं था।

El oficial autorizado ya estaba en las escaleras.
अधिकृत अधिकारी पहले से ही सीढ़ियों पर था।

Apoyó la barbilla en la barandilla para mirar dentro de la casa.
घर के अंदर देखने के लिए उसने अपनी ठुड्डी रेलिंग पर टिका दी।

Al parecer quería echar un último vistazo al espectáculo.
लगता है वह आखिरी बार इस नज़ारे को देखना चाहता था।

Y Gregor hizo un último esfuerzo para llegar hasta el gerente.
और ग्रेगर ने मैनेजर तक पहुंचने की आखिरी कोशिश की।

Corrió hacia la puerta tan seguro como pudo.
वह जितना हो सका, सुरक्षित रूप से दरवाज़े की ओर भागा।

Pero el jefe de oficina debía de sospechar algo.
लेकिन चीफ क्लर्क को ज़रूर कुछ शक हुआ होगा।

Porque saltó varios escalones y desapareció.
क्योंकि वह कई सीढ़ियां नीचे कूद गया और गायब हो गया।

—¡Huh! —gritó Gregor, resonando en la escalera.
"हं!" ग्रेगर चिल्लाया, जो सीढ़ियों से गूंज उठा।

La fuga del gerente también pareció confundir a su padre.
मैनेजर के भागने से उसके पिता भी कन्फ्यूज़ हो गए।

Hasta entonces había conseguido mantener la compostura.
तब तक वह काफी शांत रहने में कामयाब रहा था।

Pero desgraciadamente él también perdió la compostura que había tenido.
लेकिन दुर्भाग्य से उन्होंने भी अपना संयम खो दिया।

Lo que debería haber hecho es ayudar a Gregor en su persecución.
उसे ग्रेगर की मदद करनी चाहिए थी।

Pero con una mano agarró el bastón del gerente.
लेकिन, उसने एक हाथ से मैनेजर की छड़ी पकड़ ली।

Y en la otra mano sostenía ahora un periódico.
और दूसरे हाथ में अब वह एक अखबार पकड़े हुए था।

Y ahora estorbó directamente a Gregor en su persecución.
और अब उसने सीधे ग्रेगर के काम में रुकावट डाली।

Se había colocado entre Gregor y la calle.

उसने खुद को ग्रेगर और सड़क के बीच में खड़ा कर लिया था।

Golpeó el suelo con los pies y agitó el palo y el periódico.
उसने पैर पटके, और छड़ी और अखबार लहराया।

Y él estaba forzando activamente a Gregor a regresar a su habitación.
और वह ग्रेगर को ज़बरदस्ती अपने कमरे में वापस जाने के लिए मजबूर कर रहा था।

Ninguna de las peticiones que Gregor intentó hacer sirvió de algo.
ग्रेगर ने जितनी भी रिक्वेस्ट कीं, उनमें से किसी से भी मदद नहीं मिली।

Porque ninguna de las peticiones que hizo fue entendida.
क्योंकि उनकी कोई भी रिक्वेस्ट समझी नहीं गई।

Giró la cabeza hacia un ángulo más profundo y humilde.
उसने अपना सिर एक गहरे, ज़्यादा विनम्र एंगल से घुमाया।

Pero su padre respondió golpeando el suelo con más fuerza.
लेकिन उसके पिता ने और भी ज़ोर से पैर पटककर जवाब दिया।

La madre abrió una ventana, a pesar del clima frío.
माँ ने ठंडे मौसम के बावजूद खिड़की खोल दी।

Y apretó su cara entre sus manos en el frío.
और उसने ठंड में अपना चेहरा अपने हाथों में दबा लिया।

El viento ahora podría pasar por todo el apartamento.
अब हवा पूरे अपार्टमेंट में चल सकती थी।

Una fuerte corriente de aire soplaba desde la escalera hacia el callejón.
सीढ़ियों से गली तक तेज़ हवा चल रही थी।

Las cortinas se agitaban a causa del fuerte viento.
तेज़ हवा से पर्दे इधर-उधर उड़ रहे थे।

Y el periódico sobre la mesa crujió con el viento.
और मेज पर रखा अखबार हवा में सरसरा रहा था।

Incluso algunas hojas fueron arrastradas hasta el interior de la casa desde el exterior.
यहां तक कि कुछ पत्ते बाहर से उड़कर घर में आ गए।

El padre pateaba y empujaba sin descanso.

पिता ने पैर पटके और लगातार धक्का दिया।

Y silbaba y hacía ruidos como lo haría un hombre salvaje.
और वह एक जंगली आदमी की तरह फुफकारने और शोर मचाने लगा।

Pero Gregor aún no había practicado el caminar hacia atrás.
लेकिन ग्रेगर ने अभी तक पीछे की ओर चलने का अभ्यास नहीं किया था।

Incluso Gregor admitiría que este movimiento era mucho más lento.
ग्रेगर भी मानेंगे कि यह मूवमेंट बहुत धीमा था।

Pero lo único que quería era la oportunidad de cambiar las cosas.
लेकिन वह बस पीछे मुड़ने का मौका चाहता था।

Entonces se habría ido directamente a su habitación.
फिर वह सीधे अपने कमरे में चला जाता।

Pero tenía demasiado miedo de impacientar a su padre.
लेकिन वह अपने पिता को बेसब्र करने से बहुत डरता था।

Y allí estaba la amenaza de un golpe con el palo.
और डंडे से मारने का खतरा भी था।

Un golpe así en la parte posterior de la cabeza podría ser fatal.
सिर के पिछले हिस्से पर ऐसा वार जानलेवा हो सकता है।

Pero al final Gregor no tuvo otra opción.
लेकिन आखिर में ग्रेगर के पास कोई और रास्ता नहीं बचा।

Se dio cuenta de que ni siquiera podía caminar hacia atrás en línea recta.
उसे एहसास हुआ कि वह सीधा पीछे की ओर भी नहीं चल सकता।

Empezó a girar tan rápido como pudo.
वह जितनी जल्दी हो सका, घूमने लगा।

Pero en realidad este movimiento giratorio era igualmente lento.
लेकिन असल में यह टर्निंग मूवमेंट उतनी ही धीमी थी।

Y le siguieron las miradas ansiosas del padre.
और उसके पीछे-पीछे पिता की चिंता भरी निगाहें भी थीं।

Quizás el padre notó las buenas intenciones de Gregor.

शायद पिता ने ग्रेगर के अच्छे इरादों को पहचान लिया था।

Porque no le impidió darse la vuelta.
क्योंकि उसने उसे घूमने से नहीं रोका।

Incluso utilizó la punta de su bastón para guiar la rotación.
उन्होंने रोटेशन को गाइड करने के लिए अपनी स्टिक की नोक का भी इस्तेमाल किया।

¡Pero Gregor aún deseaba que su padre no le hubiera silbado!
लेकिन ग्रेगर अब भी चाहता था कि पिता ने उस पर फुफकार न की होती!

El silbido sólo aumentó la confusión del momento.
फुफकार ने उस पल की उलझन को और बढ़ा दिया।

Y luego cometió un error y giró en la dirección equivocada.
और फिर उसने गलती की और गलत दिशा में मुड़ गया।

Al final logró encarar el camino correcto.
आखिरकार वह सही रास्ते पर आ ही गया।

Y estaba satisfecho con el progreso que había logrado.
और वह अपनी प्रोग्रेस से खुश था।

Pero entonces el siguiente problema se hizo aún más evidente.
लेकिन फिर अगली समस्या और भी स्पष्ट हो गई।

Su cuerpo era demasiado ancho para pasar fácilmente por la puerta.
उसका शरीर इतना चौड़ा था कि वह आसानी से दरवाज़े से अंदर नहीं जा सका।

En su estado actual el padre no se dio cuenta de esto.
अपनी मौजूदा हालत में पिता ने इस बात पर ध्यान नहीं दिया।

Así que no se le ocurrió abrir más la puerta.
इसलिए उसे दरवाज़ा और खोलने का ख्याल नहीं आया।

Entonces habría habido suficiente espacio para Gregor.
तब ग्रेगर के लिए काफी जगह होती।

Su única prioridad era conseguir que Gregor entrara a su habitación.
उसकी एकमात्र प्राथमिकता ग्रेगर को अपने कमरे में ले जाना था।

Habría tenido que ponerse de pie para poder pasar por la
puerta.
दरवाज़े से अंदर जाने के लिए उसे खड़ा होना पड़ता।

Pero el padre no hubiera permitido tal maniobra.
लेकिन पिता ने ऐसी किसी चाल की इजाजत नहीं दी होती।

De hecho, le estaba siseando aún más salvajemente que
antes.
असल में वह पहले से भी ज़्यादा गुस्से में उस पर फुफकार रहा था।

Sonaba como si más de un hombre le estuviera silbando.
ऐसा लग रहा था जैसे सिर्फ़ एक आदमी ही उस पर फुफकार नहीं रहा था।

Sus demandas parecían tener una nueva urgencia detrás.
उनकी मांगों के पीछे एक नई अर्जेंसी लग रही थी।

Realmente ya no había más tiempo para perder el tiempo.
अब सच में और समय नहीं था।

Pasara lo que pasara, Gregor tenía que atravesar la puerta.
चाहे जो भी हो, ग्रेगर को दरवाज़े से अंदर जाना ही था।

Se abrió paso sin ningún respeto por sí mismo.
उन्होंने बिना किसी सेल्फ-रिगार्ड के खुद को आगे बढ़ाया।

Un lado de su cuerpo fue empujado hacia arriba por el
movimiento.
इस हरकत से उसके शरीर का एक हिस्सा ऊपर की ओर उठ गया।

Y él yacía torpe y torcido en el umbral de la puerta.
और वह दरवाज़े के बीच अजीब और टेढ़ा-मेढ़ा पड़ा था।

Uno de sus flancos quedó en carne viva rozando la madera.
उसका एक हिस्सा लकड़ी से रगड़ खाकर कच्चा हो गया था।

Y había dejado feas manchas en la puerta pintada de blanco.
और उसने सफ़ेद रंग के दरवाज़े पर बदसूरत दाग छोड़ दिए थे।

Las piernas de uno de sus costados colgaban temblando en
el aire.
उसके एक तरफ के पैर हवा में कांपते हुए लटक रहे थे।

Sus otras piernas estaban presionadas dolorosamente contra
el suelo.
उसके दूसरे पैर दर्द से फर्श पर दबे हुए थे।

Pronto se quedaría atrapado completamente entre las puertas.
जल्द ही वह पूरी तरह से दरवाजे के बीच फंसने वाला था।

Y entonces no habría podido moverse en absoluto.
और फिर वह बिल्कुल भी हिल नहीं पाता।

Pero el padre le dio un fuerte empujón realmente liberador.
लेकिन पिता ने उसे सचमुच आज़ादी देने वाला ज़ोरदार धक्का दिया।

Y cayó, sangrando profusamente, hasta el fondo de su habitación.
और वह खून से लथपथ होकर अपने कमरे में दूर जाकर गिर पड़ा।

El padre cerró la puerta tras de sí con su bastón.
पिता ने अपनी छड़ी से अपने पीछे दरवाज़ा ज़ोर से बंद कर दिया।

Y finalmente hubo algo de paz y tranquilidad nuevamente.
और फिर आखिरकार फिर से कुछ शांति और सुकून आ गया।

Segunda parte
भाग दो

Gregor no se despertó hasta mucho más tarde ese mismo día.
ग्रेगर दिन में काफी देर तक नहीं जागा।

Había anochecido; había dormido profundamente e inconscientemente.
शाम हो चुकी थी; वह भारी और बेहोशी की हालत में सो गया था।

Se habría despertado incluso sin que nadie lo hubiera molestado.
वह बिना किसी परेशानी के भी जाग जाता।

Porque se sentía suficientemente descansado y bien dormido.
क्योंकि उसे काफी आराम मिला और अच्छी नींद आई।

Pero le pareció oír unos pasos fugaces afuera.
लेकिन उसे लगा कि उसने बाहर से कुछ कदमों की आवाज़ सुनी है।

Y alguien podría haber cerrado cuidadosamente la puerta principal.
और हो सकता है कि किसी ने ध्यान से सामने का दरवाज़ा बंद कर दिया हो।

La luz del tranvía eléctrico se reflejaba pálidamente en el techo.
इलेक्ट्रिक ट्राम की रोशनी छत पर हल्की पड़ रही थी।

La parte superior del mueble también recibió un poco de luz.
फर्नीचर के ऊपर भी थोड़ी रोशनी पड़ी।

Pero allá abajo, a la altura de Gregor, estaba oscuro.
लेकिन नीचे ज़मीन पर, ग्रेगर के लेवल पर, अंधेरा था।

Sus piernas lo empujaron lentamente hacia la puerta nuevamente.
उसके पैरों ने धीरे-धीरे उसे फिर से दरवाज़े की ओर धकेल दिया।

Tenía mucha curiosidad por ver qué había sucedido allí.
वह यह देखने के लिए बहुत उत्सुक था कि वहां क्या हुआ था।

Pero su control de sus sensores aún no estaba desarrollado.

लेकिन अपनी भावनाओं पर उसका कंट्रोल अभी तक डेवलप नहीं हुआ था।

Aunque empezó a apreciar estos nuevos sensores.
हालाँकि उन्हें ये नए सेंसर पसंद आने लगे।

Una cicatriz larga y desagradable parecía recorrer su costado izquierdo.
उसके बाएं हिस्से पर एक लंबा, बुरा निशान जैसा लग रहा था।

La cicatriz parecía como si apretara ese lado de su cuerpo.
ऐसा लगा जैसे निशान ने उसके शरीर के उस तरफ़ को कस दिया हो।

Y entonces tuvo que cojear literalmente sobre sus dos filas de piernas.
और इसलिए उसे सचमुच अपने पैरों की दो लाइनों पर लंगड़ाना पड़ा।

Esa mañana una de sus piernas resultó gravemente herida.
उस सुबह उनके एक पैर में गंभीर चोट लगी थी।

Realmente fue un milagro que no se hubiera roto más piernas.
सच में यह चमत्कार ही था कि उसके और पैर नहीं टूटे।

Y así arrastró sin vida su pierna herida.
और इसलिए वह अपने घायल पैर को बेजान सा घसीटता हुआ अपने पीछे ले गया।

Cuando llegó a la puerta se dio cuenta de algo profundo.
जब वह दरवाज़े पर पहुँचा तो उसे कुछ गहरी बात का एहसास हुआ।

Fue el olor de algo lo que lo atrajo hasta allí.
किसी चीज़ की गंध ने उसे वहाँ खींच लिया था।

A Gregor le habían dejado algo comestible en su habitación.
ग्रेगर के कमरे में उसके लिए कुछ खाने की चीज़ छोड़ी गई थी।

Trozos de pan blanco flotando en un cuenco de leche dulce.
मीठे दूध के कटोरे में तैरते हुए सफेद ब्रेड के टुकड़े।

Apenas podía contener la alegría que había dentro de él.
वह अपने अंदर की खुशी को मुश्किल से रोक पा रहा था।

Ahora tenía incluso más hambre que por la mañana.
उसे सुबह से भी ज़्यादा भूख लगी थी।

Inmediatamente sumergió su cabeza en el cuenco de leche.
उसने तुरंत अपना सिर दूध के कटोरे में डाल दिया।

La leche le salía casi por toda la cabeza, hasta los ojos.
दूध उसके सिर से लेकर आंखों तक फैल गया।

Pero pronto echó la cabeza hacia atrás, amargamente decepcionado.
लेकिन जल्द ही वह बहुत निराश होकर अपना सिर पीछे खींच लेता है।

Comer era difícil debido a su delicado lado izquierdo.
उनका बायां हिस्सा नाजुक होने के कारण खाना खाना मुश्किल था।

Y sólo podía comer jadeando con todo su cuerpo.
और वह सिर्फ़ अपने पूरे शरीर से हांफते हुए ही खा सकता था।

Pero esa no fue la verdadera razón de su decepción.
लेकिन यह उनकी निराशा का असली कारण नहीं था।

La leche siempre había sido uno de sus platos favoritos.
दूध हमेशा से ही उनकी पसंदीदा डिशेज़ में से एक रहा है।

No tenía ninguna duda de que su hermana recordaba esto.
उसे इस बात में कोई शक नहीं था कि उसकी बहन को यह बात याद होगी।

Y esa fue la razón por la que le había dado leche.
और यही कारण था कि उसने उसे दूध दिया था।

No podía explicar por qué ahora no le gustaba la leche.
वह यह नहीं बता पा रहा था कि अब उसे दूध क्यों पसंद नहीं है।

Y se apartó del cuenco casi con reticencia.
और वह लगभग अनिच्छा से कटोरे से दूर हो गया।

Decepcionado, se arrastró de nuevo hasta el centro de la habitación.
निराश होकर वह रेंगते हुए कमरे के बीच में वापस चला गया।

Desde allí pudo ver a través de la rendija de la puerta.
यहां वह दरवाजे की दरार से देख पा रहा था।

Pudo ver que el fuego en la sala de estar estaba encendido.
वह देख सकता था कि लिविंग रूम में आग जल रही थी।

Generalmente a esta hora el padre leía el periódico.
आमतौर पर इस समय पिता अखबार पढ़ते थे।

Él siempre solía leerle a la madre en voz alta.
वह हमेशा ऊंची आवाज़ में मां को पढ़कर सुनाया करते थे।

A veces la hermana también escuchaba al padre.

कभी-कभी बहन भी पिता की बातें सुनती थी।

Ella siempre le había contado a Gregor sobre esta lectura en voz alta.
वह हमेशा ग्रेगर को इस ज़ोर से पढ़ने के बारे में बताती थी।

Pero hoy no se oía ningún sonido en la habitación.
लेकिन आज कमरे से कोई आवाज़ नहीं आ रही थी।

Quizás este hábito ya había caído en desuso.
शायद यह आदत पहले ही खत्म हो चुकी थी।

Un profundo silencio se había apoderado de todo el apartamento.
पूरे अपार्टमेंट में गहरी शांति छा गई थी।

Aunque sabía que el apartamento ciertamente no estaba vacío.
हालांकि वह जानता था कि अपार्टमेंट निश्चित रूप से खाली नहीं था।

«¡Qué vida tan tranquila lleva la familia!», pensó Gregor.
ग्रेगर ने सोचा, "परिवार कितनी शांत ज़िंदगी जी रहा है।"

Y miró hacia la oscuridad con gran orgullo.
और वह बड़े गर्व से अंधेरे में देखता रहा।

Estaba orgulloso de la vida que había podido darles.
उन्हें इस बात पर गर्व था कि वह उन्हें जीवन दे पाए।

Estaba orgulloso del hermoso apartamento en el que vivían.
उन्हें उस खूबसूरत अपार्टमेंट पर गर्व था जिसमें वे रहते थे।

¿Pero toda esta paz estaba a punto de tener un final terrible?
लेकिन क्या यह सारी शांति एक भयानक अंत की ओर बढ़ने वाली थी?

¿Les iban a quitar su prosperidad?
क्या उनकी खुशहाली उनसे छीन ली जाएगी?

¿Su satisfacción ahora era incierta en el futuro?
क्या अब उनका संतोष भविष्य में अनिश्चित था?

Pero él no quería perderse en tales pensamientos.
लेकिन वह ऐसे विचारों में खुद को खोना नहीं चाहता था।

Para mantenerse ocupado se arrastraba arriba y abajo por las paredes.
खुद को बिज़ी रखने के लिए वह दीवारों पर ऊपर-नीचे रेंगता रहा।

Durante la larga velada una puerta estaba entreabierta.
लंबी शाम के दौरान एक दरवाज़ा थोड़ा सा खुला हुआ था।

Y en otro momento la otra puerta se abrió un poquito.
और एक और समय दूसरा दरवाज़ा थोड़ा सा खुल गया।

Pero en ambas ocasiones las puertas se cerraron rápidamente de nuevo.
लेकिन दोनों बार दरवाज़े जल्दी से फिर से बंद हो गए।

Estaba claro que alguien de fuera tenía el deseo de entrar.
साफ़ है कि बाहर से कोई अंदर आना चाहता था।

Pero también tenían demasiadas preocupaciones acerca de venir.
लेकिन उन्हें अंदर आने को लेकर बहुत सारी चिंताएं भी थीं।

Gregor ahora se detuvo directamente en la puerta de la sala de estar.
ग्रेगर अब सीधे लिविंग रूम के दरवाज़े पर रुक गया।

Estaba decidido a tentar de algún modo al indeciso visitante.
उसने ठान लिया था कि किसी तरह उस हिचकिचाते हुए विज़िटर को लुभाएगा।

Y también quería saber quién había sido el visitante.
और वह यह भी जानना चाहता था कि विज़िटर कौन था।

Pero aquella noche la puerta no se abrió una tercera vez.
लेकिन उस शाम तीसरी बार दरवाज़ा नहीं खोला गया।

Y Gregorio esperaba en vano junto a la puerta.
और ग्रेगर ने अपना समय बेकार में दरवाज़े पर इंतज़ार करते हुए बिताया।

Más temprano ese día todos querían entrar a la habitación.
उस दिन पहले वे सभी कमरे में आना चाहते थे।

Ahora que las puertas estaban desbloqueadas sería más fácil para ellos.
अब दरवाज़े खुल गए हैं तो उनके लिए यह आसान हो जाएगा।

Pero ellos prefirieron quedarse al otro lado de la habitación.
लेकिन उन्होंने कमरे के दूसरी तरफ रहना चुना।

Gregor se dio cuenta de que las llaves ya no estaban en sus cerraduras.
ग्रेगर ने देखा कि चाबियाँ अब तालों में नहीं थीं।

Alguien debe haber movido las llaves a la cerradura exterior.
किसी ने ज़रूर बाहर वाले ताले की चाबियां हटा दी होंगी।

Sólo tarde por la noche se apagó la luz de la sala de estar.
देर रात को ही लिविंग रूम की लाइट बंद की गई।

La familia debe haber permanecido despierta todo el tiempo.
पूरा परिवार पूरे समय जागता रहा होगा।

Y Gregor podía oírlos claramente alejándose de puntillas.
और ग्रेगर उन्हें चुपके से जाते हुए साफ़-साफ़ सुन सकता था।

Ahora nadie vendría a ver a Gregor hasta la mañana.
अब सुबह तक ग्रेगर के पास कोई नहीं आने वाला था।

Así que tuvo mucho tiempo para sí mismo, para pensar sin
interrupciones.
इसलिए उसके पास खुद के लिए काफी समय था, बिना किसी परेशानी के
सोचने के लिए।

¿Cuál sería la mejor manera de reorganizar su vida ahora?
अब उसकी ज़िंदगी को फिर से ठीक करने का सबसे अच्छा तरीका क्या होगा?

Pero las altas paredes de la habitación vacía lo asustaban.
लेकिन खाली कमरे की ऊंची दीवारों ने उसे डरा दिया।

No le quedó más remedio que tumbarse en el suelo.
उसके पास ज़मीन पर लेटने के अलावा कोई चारा नहीं था।

Y nunca encontró la causa de su miedo en ese espacio.
और उसे उस जगह में अपने डर का कारण कभी नहीं मिला।

Era la misma habitación en la que había vivido durante
cinco años.
यह वही कमरा था जिसमें वह पांच साल तक रहा था।

Medio inconscientemente hizo un movimiento hacia el sofá.
आधे होश में वह सोफे की ओर बढ़ा।

Y sin ninguna vergüenza se escondió debajo del sofá.
और बिना किसी शर्म के वह सोफे के नीचे छिप गया।

Allí abajo se sintió inmediatamente de nuevo muy a gusto.
वहाँ नीचे उसे तुरंत फिर से बहुत आराम महसूस हुआ।

A pesar de que tenía la espalda un poco presionada.
इस बात के बावजूद कि उसकी पीठ थोड़ी दबी हुई थी।

Ya no podía levantar la cabeza debajo del sofá.
वह अब सोफे के नीचे अपना सिर भी नहीं उठा पा रहा था।

Pero incluso esto lo prefería a estar en cualquier espacio abierto.
लेकिन इसके बावजूद भी वह किसी खुली जगह पर रहना पसंद करते थे।

Sin embargo, lamentó que su cuerpo fuera tan ancho.
हालाँकि, उन्हें इस बात का अफ़सोस था कि उनका शरीर इतना चौड़ा था।

El sofá no podía cubrir completamente todo su cuerpo.
सोफा उसके पूरे शरीर को पूरी तरह से ढक नहीं पाया।

Se quedó debajo del sofá toda la noche.
वह पूरी रात सोफे के नीचे ही रहा।

La noche la pasó medio dormido, perturbado por el hambre.
वह रात भूख से परेशान होकर आधी नींद में बिताई।

Y el tiempo que estaba despierto lo pasaba preocupado o esperanzado.
और जागते हुए समय वह या तो चिंता में या उम्मीद में बिताता था।

Pero todas sus vagas esperanzas llevaron a la misma conclusión.
लेकिन उसकी सारी धुंधली उम्मीदें एक ही नतीजे पर पहुंचीं।

No tuvo más remedio que permanecer en silencio por el momento.
उसके पास उस समय चुप रहने के अलावा कोई चारा नहीं था।

Tuvo que mostrar paciencia y consideración hacia la familia.
उन्हें परिवार के प्रति धैर्य और ध्यान रखना था।

Era la única manera de hacer soportable el inconveniente.
असुविधा को सहने लायक बनाने का यही एकमात्र तरीका था।

Los inconvenientes que ahora estaba causando a la familia.
वह अब परिवार पर परेशानी डाल रहा था।

No tuvo que esperar mucho para demostrar su compasión.
उसे अपनी दया साबित करने के लिए ज़्यादा इंतज़ार नहीं करना पड़ा।

Temprano por la mañana la hermana miró dentro de su habitación.
सुबह-सुबह बहन ने उसके कमरे में झाँका।

Aunque en realidad era tan de noche como de mañana.
हालाँकि असल में यह उतनी ही रात थी जितनी सुबह।

Ella estaba completamente vestida y parecía mostrar entusiasmo.
वह पूरी तरह से तैयार थी और उत्साह दिखा रही थी।

La fuerza de su nueva decisión podría ser puesta a prueba.
उनके नए फ़ैसले की मज़बूती का टेस्ट किया जा सकता है।

Ella no lo encontró inmediatamente con su primera mirada.
पहली नज़र में उसे वह तुरंत नहीं मिला।

Tenía que estar en algún lugar, no podía haber volado.
उसे कहीं तो होना ही था; वह उड़कर दूर नहीं जा सकता था।

Pero entonces sus ojos hicieron un segundo recorrido por la habitación.
लेकिन तभी उसकी नज़रें कमरे पर फिर से घूमीं।

Y esta vez vio su torso debajo del sofá.
और इस बार उसने सोफे के नीचे उसका धड़ देखा।

Estaba tan asustada que perdió todo el control de sí misma.
वह इतनी डर गई कि उसने अपना सारा सेल्फ-कंट्रोल खो दिया।

Y su primera reacción fue cerrar la puerta de golpe.
और उसका पहला रिएक्शन था कि उसने दरवाज़ा फिर से ज़ोर से बंद कर दिया।

Pero también pareció arrepentirse inmediatamente de su comportamiento.
लेकिन उसे तुरंत अपने बर्ताव पर पछतावा भी हुआ।

Tan pronto como cerró la puerta de golpe, la abrió de nuevo.
जैसे ही उसने दरवाज़ा ज़ोर से बंद किया, उसने उसे फिर से खोल दिया।

Y esta vez entró de puntillas en la habitación con cuidado.
और इस बार वह धीरे-धीरे दबे पाँव कमरे में चली गई।

Se movía como si estuviera visitando a una persona gravemente enferma.
वह ऐसे चल रही थी जैसे किसी गंभीर रूप से बीमार व्यक्ति से मिलने आई हो।

O tal vez estaba visitando a un completo desconocido.
या हो सकता है कि वह किसी अजनबी से मिलने गई हो।

Gregor empujó su cabeza casi hasta el borde del sofá.
ग्रेगर ने अपना सिर लगभग सोफे के किनारे तक धकेल दिया।

Y desde debajo de la caja fuerte la observaba en la habitación.
और सेफ के नीचे से वह उसे कमरे में देखता रहा।

¿Se daría cuenta de que había dejado la leche?
क्या उसे पता चलेगा कि उसने दूध छोड़ दिया है?

No había dejado la leche por falta de hambre.
उसने भूख की कमी के कारण दूध नहीं छोड़ा था।

¿En lugar de eso le traería comida diferente?
क्या वह उसके लिए अलग खाना लाने वाली थी?

Quizás un plato que se ajustara mejor a sus preferencias.
शायद कोई ऐसी डिश जो उनकी पसंद के हिसाब से ज़्यादा सही हो।

Pero ella misma habría tenido que notar su apetito.
लेकिन उसे खुद उसकी भूख पर ध्यान देना होगा।

Preferiría morir de hambre antes que hacerle saber eso.
वह उसे यह बताने के बजाय भूखा रहना पसंद करता।

En realidad le habría gustado mucho decírselo.
असल में वह उसे बताना बहुत चाहता था।

Estuvo realmente tentado de disparar desde debajo del sofá.
उसका सच में सोफे के नीचे से बाहर निकलने का मन कर रहा था।

Quería arrojarse a los pies de su hermana.
वह अपनी बहन के पैरों पर गिरना चाहता था।

Y quiso pedirle algo bueno para comer.
और वह उससे खाने के लिए कुछ अच्छा मांगना चाहता था।

Pero entonces la hermana miró hacia el cuenco de leche.
लेकिन तभी बहन ने दूध के कटोरे की ओर देखा।

Inmediatamente se dio cuenta de que el cuenco todavía estaba lleno.
उसने तुरंत देखा कि कटोरा अभी भी भरा हुआ था।

Le sorprendió bastante que Gregor no hubiera comido nada.
वह काफी हैरान थी कि ग्रेगर ने कुछ भी नहीं खाया था।

Sólo se había derramado un poco de leche en el suelo.

फर्श पर थोड़ा सा दूध ही गिरा था।

Inmediatamente cogió el cuenco y lo sacó.
उसने तुरंत कटोरा उठाया और बाहर ले गई।

Él vio que ella no recogió el cuenco con sus propias manos.
उसने देखा कि उसने अपने नंगे हाथों से कटोरा नहीं उठाया।

En lugar de eso, recogió el cuenco con uno de los trapos.
इसके बजाय उसने एक कपड़े का इस्तेमाल करके कटोरा उठा लिया।

Pero Gregor se olvidó muy rápidamente de este pequeño detalle.
लेकिन ग्रेगर बहुत जल्दी इस छोटी सी बात को भूल गया।

Ahora estaba mucho más entusiasmado por otra cosa.
अब वह किसी और चीज़ को लेकर ज़्यादा उत्साहित था।

¿Qué podría traer como reemplazo de la leche?
दूध के बदले वह क्या ला सकती है?

Tenía varios pensamientos sobre lo que ella podría traer.
उसके मन में कई तरह के विचार थे कि वह क्या ला सकती है।

Pero la bondad de su hermana superó sus expectativas.
लेकिन उसकी बहन की दयालुता उसकी उम्मीदों से बढ़कर थी।

Se dio cuenta de que tenía que probar cuáles eran sus nuevos gustos.
उसे एहसास हुआ कि उसे यह टेस्ट करना होगा कि उसके नए टेस्ट क्या हैं।

Así que trajo toda una selección de alimentos diferentes.
तो वह अलग-अलग तरह का खाना लेकर आई।

Verduras medio podridas, huesos de la cena.
आधी सड़ी हुई सब्ज़ियाँ, शाम के खाने की हड्डियाँ।

Salsa solidificada de la otra comida que habían comido.
दूसरे खाने से बनी सॉस जम गई थी जो उन्होंने खाई थी।

Unas pasas, unas almendras, pan seco, pan con mantequilla.
कुछ किशमिश, कुछ बादाम, सूखी रोटी, बटर ब्रेड।

Un poco de pan untado con mantequilla y también con sal.
कुछ ब्रेड जिस पर मक्खन और नमक भी लगा था।

Queso que Gregor había declarado incomestible hacía dos días.

पनीर जिसे ग्रेगर ने दो दिन पहले खाने लायक नहीं बताया था।

Toda esta selección de comida fue colocada en un periódico.
खाने की यह सारी चीज़ें एक अखबार पर रखी गई थीं।

Y también colocó un recipiente con agua al lado de sus comidas.
और उसने उसके खाने के पास पानी का एक कटोरा भी रख दिया।

Ella sabía que Gregor no habría comido delante de ella.
वह जानती थी कि ग्रेगर उसके सामने खाना नहीं खाएगा।

Entonces, por respeto hacia él, salió nuevamente de la habitación.
इसलिए उसके सम्मान में वह फिर से कमरे से बाहर चली गई।

Y hasta giró la llave en la cerradura al salir.
और जाते समय उसने ताले में चाबी भी घुमा दी।

Pero ella giró la llave muy silenciosamente y con mucho cuidado.
लेकिन उसने चाबी बहुत धीरे और सावधानी से घुमाई।

De esta manera sólo Gregor sabría que la puerta estaba cerrada.
इस तरह सिर्फ़ ग्रेगर को ही पता चलेगा कि दरवाज़ा बंद है।

Ahora podía ponerse tan cómodo como quisiera.
अब वह खुद को जितना चाहे उतना आरामदायक बना सकता था।

Las piernas de Gregor zumbaban cuando llegó la hora de comer.
जब खाने का समय हुआ तो ग्रेगर के पैर फड़फड़ा रहे थे।

Lo que vale la pena destacar es que ya no sentía ninguna molestia.
ध्यान देने वाली बात यह है कि अब उन्हें कोई परेशानी महसूस नहीं हो रही थी।

Sus heridas deben haber sanado ya por completo.
उसके घाव तो पहले ही पूरी तरह भर गए होंगे।

Porque ya no sentía sus discapacidades anteriores.
क्योंकि अब उसे अपनी पिछली कमज़ोरियाँ महसूस नहीं होती थीं।

Su nueva capacidad de curar lo sorprendió y lo asombró.
ठीक करने की उसकी नई काबिलियत ने उसे हैरान और अचंभित कर दिया।

Hace más de un mes se cortó el dedo con un cuchillo.
एक महीने से भी ज़्यादा समय पहले उसने चाकू से अपनी उंगली काट ली थी।

Hasta hace dos días esa herida todavía le dolía.
दो दिन पहले तक वह घाव उसे दर्द दे रहा था।

"¿Soy mucho menos sensible ahora?" pensó para sí mismo.
"क्या अब मैं पहले से कम सेंसिटिव हो गया हूँ?" उसने मन ही मन सोचा।

Para entonces ya estaba chupando con avidez el queso.
अब तक वह लालच से पनीर चूस रहा था।

Se sintió atraído por el queso más que por el resto de la comida.
वह दूसरे खाने की चीज़ों के मुकाबले पनीर की तरफ ज़्यादा आकर्षित था।

Comió rápidamente un trozo de queso tras otro.
उसने जल्दी-जल्दी एक के बाद एक पनीर का टुकड़ा खाया।

Sus ojos se llenaron de lágrimas de satisfacción al probarlo.
इसका स्वाद पाकर उसकी आँखों में संतोष के साथ आँसू आ गए।

Después del queso comió las verduras y la salsa.
पनीर के बाद उसने सब्जियां और सॉस खाया।

Sin embargo, la comida fresca no le sabía bien.
हालाँकि, ताज़ा खाना उसे अच्छा नहीं लगा।

De hecho, ni siquiera podía soportar el olor de la comida fresca.
असल में वह ताज़े खाने की खुशबू भी बर्दाश्त नहीं कर पाता था।

Incluso arrastró el resto de la comida lejos de la comida fresca.
उसने दूसरे खाने को भी ताज़े खाने से दूर खींच लिया।

Y muy rápidamente terminó la comida más comestible.
और बहुत जल्दी उसने सबसे ज़्यादा खाने लायक खाना खत्म कर दिया।

Toda aquella deliciosa comida tuvo sobre él un efecto soporífero.
सारे स्वादिष्ट खाने का उस पर नींद लाने वाला असर हुआ।

Y él permaneció acostado perezosamente en el lugar donde había comido.
और वह उसी जगह पर आलस से लेट गया जहाँ उसने खाना खाया था।

Finalmente su hermana regresó para ver cómo estaba nuevamente.
आखिरकार उसकी बहन फिर से उसे देखने के लिए वापस आई।

Tuvo la previsión de girar la llave muy lentamente.
उसने चाबी को बहुत धीरे-धीरे घुमाने की दूरदर्शिता दिखाई।

Esto le dio a Gregor una advertencia de que debía retirarse.
इससे ग्रेगर को चेतावनी मिली कि उसे पीछे हट जाना चाहिए।

Aturdido y sobresaltado, se apresuró a volver debajo del sofá.
हैरान और चौंककर वह जल्दी से सोफे के नीचे चला गया।

Pero quedarse debajo del sofá no fue tan fácil esta vez.
लेकिन इस बार सोफे के नीचे रहना इतना आसान नहीं था।

Su cuerpo se había vuelto un poco redondeado por tanta comida.
सारा खाना खाने से उसका शरीर थोड़ा गोल हो गया था।

Y tuvo que controlarse para no quedarse sin nada otra vez.
और उसे खुद पर काबू रखना पड़ा ताकि वह फिर से बाहर न भागे।

Aunque la hermana no permaneció mucho tiempo en la habitación.
हालांकि बहन कमरे में ज़्यादा देर तक नहीं रुकी।

Le costaba respirar en ese estrecho espacio.
उस तंग जगह में उसे सांस लेने में दिक्कत हो रही थी।

Pero él siguió adelante a pesar de los pequeños ataques de asfixia.
लेकिन वह घुटन के छोटे-मोटे दौरों से गुज़रता रहा।

Con ojos desorbitados observaba las actividades de la hermana.
वह उभरी हुई आँखों से बहन की गतिविधियों को देखता रहा।

La hermana desprevenida vertió todo en un balde.
अनजान बहन ने सब कुछ एक बाल्टी में डाल दिया।

Ella no sólo se deshizo de la comida que Gregor no había comido.
उसने न केवल वह खाना फेंक दिया जो ग्रेगर ने नहीं खाया था।

Pero también se deshizo de la comida que él no había tocado.
लेकिन उसने वह खाना भी फेंक दिया जिसे उसने छुआ नहीं था।

Al parecer esa comida ya no era comestible para nadie.
जाहिर है कि अब वह खाना किसी के खाने लायक नहीं रहा।

Luego cerró el cubo de comida con una tapa de madera.
फिर उसने खाने की बाल्टी को लकड़ी के ढक्कन से बंद कर दिया।

Y con la comida, el balde y el trapeador, se fue.
और खाना, बाल्टी और पोछा लेकर वह चली गई।

Gregor no habría podido esperar mucho más tiempo.
ग्रेगर अब और अधिक इंतजार नहीं कर सकता था।

Tan pronto como ella se fue, él se escapó de debajo del sofá.
जैसे ही वह चली गई, वह सोफे के नीचे से भाग गया।

Y se estiró y resopló aliviado.
और उसने खुद को फैलाया और राहत की सांस ली।

Así recibía Gregorio comida de vez en cuando.
ग्रेगर को अब से हर बार इसी तरह खाना मिलता था।

Su hermana le dio de comer una vez temprano en la mañana.
उसकी बहन ने उसे सुबह-सुबह एक बार खाना दिया।

A esta hora los padres y la criada todavía dormían.
इस समय माता-पिता और नौकरानी अभी भी सो रहे थे।

Y recibió una segunda comida después de que todos almorzaron.
और सबके लंच के बाद उसे दूसरा खाना मिला।

Porque en ese momento los padres también durmieron un rato.
क्योंकि उस समय माता-पिता भी थोड़ी देर के लिए सो गए थे।

Y la doncella fue enviada por su hermana a hacer algún recado.
और नौकरानी को बहन ने किसी काम से भेज दिया।

Ciertamente no tenían intención de dejar morir de hambre a Gregor.
उनका ग्रेगर को भूखा मारने का कोई इरादा नहीं था।

Pero tampoco hubieran querido verlo comer.
लेकिन वे उसे खाते हुए भी नहीं देखना चाहते थे।

Lo que mencionó la hermana fue suficiente información.
बहन ने जो बताया वह काफी जानकारी थी।

Quizás era su manera de ahorrarles dolor a los padres.
शायद यह माता-पिता को दुख से बचाने का उसका तरीका था।

Ya habían sufrido bastante por sus acciones.
वे पहले ही उसके कामों से काफी परेशान हो चुके थे।

El primer día se iba convirtiendo poco a poco en un recuerdo lejano.
पहला दिन धीरे-धीरे एक पुरानी याद बनता जा रहा था।

Gregor no tenía forma de saber lo que pasó ese día.
ग्रेगर को यह जानने का कोई तरीका नहीं था कि उस दिन क्या हुआ था।

¿Cómo fue guiado el cerrajero fuera del apartamento?
ताला बनाने वाले को अपार्टमेंट से बाहर कैसे निकाला गया?

¿Con qué excusas quedó finalmente satisfecho el médico?
डॉक्टर आखिर किन बहानों से संतुष्ट हुए?

No había encontrado ningún modo de hacerse entender.
उसे खुद को समझाने का कोई तरीका नहीं मिला था।

Ni siquiera logró comunicarse con su hermana.
वह अपनी बहन से भी बातचीत नहीं कर पाया।

Y entonces pensaron que no podía entenderlos.
और इसलिए उन्हें लगा कि वह उन्हें समझ नहीं सकता।

Y por eso no se hizo ningún esfuerzo para hablar con él.
और इसलिए उससे बात करने की कोई कोशिश नहीं की गई।

Su hermana entraba en su habitación todas las mañanas y a la hora del almuerzo.
उसकी बहन हर सुबह और लंच के समय उसके कमरे में आती थी।

Pero él tuvo que contentarse con escuchar sus suspiros.
लेकिन उसे उसकी आहें सुनकर ही संतुष्ट होना पड़ा।

Más tarde se acostumbró un poco más a la forma de Gregor.
बाद में उसे ग्रेगर के रूप की थोड़ी और आदत हो गई।

Y se sintió un poco más libre para hacer más comentarios.
और उसे और ज़्यादा बातें करने की थोड़ी और आज़ादी महसूस हुई।

(Aunque nunca se acostumbraría del todo a él.)
(हालांकि वह कभी भी पूरी तरह से उसकी आदत नहीं डाल पाएगी।)

Y entonces Gregor se sintió nuevamente hablado un poco más.
और फिर ग्रेगर को फिर से थोड़ा ज़्यादा बोलने का एहसास हुआ।

Y captó lo que percibió como comentarios amistosos.
और उसे वो कर्मेंट्स मिले जो उसे फ्रेंडली लगे।

"Disfrutó su comida hoy" o "comió todo".
"आज उसे खाना बहुत पसंद आया," या "उसने सब कुछ खा लिया।"

Pero eso fue sólo cuando hubo comido toda su comida.
लेकिन ऐसा तब हुआ जब उसने अपना सारा खाना खा लिया था।

Pero últimamente esto se está volviendo cada vez menos frecuente.
लेकिन हाल ही में ऐसा होना बहुत कम होता जा रहा था।

"Apenas tocaba la comida", decía ella con más frecuencia ahora.
"वह अपना खाना मुश्किल से ही छूता था," वह अब अक्सर कहती थी।

Y había un toque de tristeza en su voz cada vez.
और हर बार उसकी आवाज़ में उदासी का भाव था।

Gregor no pudo escuchar ninguna otra noticia más directamente.
ग्रेगर कोई और खबर सीधे तौर पर नहीं सुन सका।

Pero escuchó muchas noticias de las habitaciones contiguas.
लेकिन उसने बगल के कमरों से बहुत सारी खबरें सुनीं।

Al oír voces corrió hacia la puerta correspondiente.
जब उसने आवाज़ें सुनीं तो वह उसी दरवाज़े की तरफ़ भागा।

Y apretó todo su cuerpo contra la puerta para escuchar.
और उसने सुनने के लिए अपना पूरा शरीर दरवाज़े से सटा लिया।

Todas las conversaciones le concernían de una manera u otra.
सभी बातचीत किसी न किसी तरह से उससे जुड़ी हुई थी।

Incluso cuando el tema parecía ser sobre otra cosa.
तब भी जब टॉपिक कुछ और ही लग रहा था।

Esta observación fue especialmente cierta en los primeros tiempos.
यह बात शुरुआती दिनों में खास तौर पर सच थी।

Durante cada comida repetían la misma discusión.
हर बार खाने के दौरान वे यही बात दोहराते थे।

Todavía no estaban seguros de cómo comportarse a su alrededor.
वे अभी भी इस बात को लेकर श्योर नहीं थे कि उसके आस-पास कैसा बिहेव करें।

Pero el mismo tema también se discutió entre comidas.
लेकिन खाने के बीच भी इसी टॉपिक पर चर्चा हुई।

Porque siempre había dos miembros de la familia en casa.
क्योंकि घर पर हमेशा परिवार के दो सदस्य रहते थे।

Nadie quería quedarse solo en la casa.
कोई भी अकेले घर में नहीं रहना चाहता था।

Pero dejar el piso vacío tampoco era una opción.
लेकिन फ्लैट खाली छोड़ने का सवाल ही नहीं उठता था।

La criada era la única que no estaba atada al apartamento.
नौकरानी ही अकेली थी जो अपार्टमेंट में नहीं रहती थी।

Ella ya había pedido irse el primer día.
उसने पहले ही दिन जाने के लिए कह दिया था।

Ella se puso de rodillas y pidió que la despidieran.
वह घुटनों के बल बैठ गई और उसे निकालने की गुहार लगाने लगी।

La familia no sabía cuánto sabía realmente la criada.
परिवार को नहीं पता था कि नौकरानी असल में कितना जानती थी।

En ese momento ella no había visto más que nadie.
उस समय तक उसने किसी और से ज़्यादा कुछ नहीं देखा था।

Lo sucedido todavía era un misterio para la familia.
जो हुआ था वह परिवार के लिए अभी भी एक रहस्य था।

Pero un cuarto de hora después se despidió.
लेकिन पंद्रह मिनट बाद उसने अलविदा कहा।

Y agradeció a la familia con lágrimas en los ojos.
और उसने आंखों में आंसू भरकर परिवार को धन्यवाद दिया।

Pero en realidad les agradeció por haberla liberado.
लेकिन असल में उसने उन्हें उसे रिहा करने के लिए धन्यवाद दिया।

Parecían haberle mostrado la mayor bondad.
ऐसा लगा कि उन्होंने उस पर बहुत दया दिखाई।

Incluso hizo un juramento sin que se lo pidieran.
उसने बिना पूछे ही शपथ भी ले ली।

Dijo que no le contaría a nadie lo que había sucedido.
उसने कहा कि वह किसी को नहीं बताएगी कि क्या हुआ था।

Ahora la hermana tenía que cocinar junto con su madre.
अब बहन को अपनी मां के साथ मिलकर खाना बनाना पड़ता था।

Pero esto realmente no era un gran inconveniente.
लेकिन यह सच में कोई बहुत ज़्यादा परेशानी वाली बात नहीं थी।

Porque de todas formas los dos no comían casi nada.
क्योंकि उन दोनों ने वैसे भी लगभग कुछ भी नहीं खाया था।

Gregor escuchó una y otra vez la misma conversación.
ग्रेगर ने बार-बार वही बातचीत सुनी।

Una persona le decía a otra que tenía que comer más.
एक व्यक्ति दूसरे से कह रहा था कि उन्हें और खाना चाहिए।

Pero esa persona no recibió ninguna respuesta de la persona.
लेकिन उस व्यक्ति को उस व्यक्ति से कोई जवाब नहीं मिला।

"Gracias, tengo suficiente", o algo similar.
"धन्यवाद, मेरे पास काफी है", या कुछ ऐसा ही।

Quizás ya no bebían nada tampoco.
शायद उन्होंने अब कुछ भी नहीं पिया।

La hermana a menudo le preguntaba a su padre si quería
cerveza.
बहन अक्सर अपने पिता से पूछती थी कि क्या उन्हें बीयर चाहिए।

Y ella misma se ofreció calurosamente a ir a buscar la
cerveza.
और उसने प्यार से खुद बीयर लाने की पेशकश की।

El padre siempre permanecía en silencio ante su petición.

उसके अनुरोध पर पिता हमेशा चुप रहते थे।

Así que la hermana tuvo que encontrar una manera de eliminar cualquier duda.
इसलिए बहन को किसी भी शक को दूर करने का कोई रास्ता निकालना पड़ा।

Y ella dijo que enviaría a la criada a buscar algo de cerveza.
और उसने कहा कि वह नौकरानी को कुछ बियर लाने के लिए भेजेगी।

Pero entonces el padre finalmente dijo un gran y rotundo "no".
लेकिन फिर पिता ने आखिरकार ज़ोर से कहा, "नहीं"।

Luego ya no se volvió a mencionar el tema de tomar una cerveza.
फिर उसके बीयर पीने की बात पर बात नहीं हुई।

Ya había explicado anteriormente la situación financiera.
उन्होंने पहले ही फाइनेंशियल स्थिति के बारे में बता दिया था।

De hecho, mencionó las finanzas el primer día.
असल में, उन्होंने पहले ही दिन फाइनेंस का ज़िक्र किया।

Les hizo saber perfectamente cuáles eran las perspectivas.
उन्होंने उन्हें अच्छी तरह से बताया कि आगे क्या होने वाला है।

Su propio negocio se había derrumbado hacía unos cinco años.
उनका अपना बिज़नेस लगभग पांच साल पहले बंद हो गया था।

De vez en cuando se levantaba para abandonar la mesa.
बीच-बीच में वह टेबल से उठने के लिए उठ जाता था।

Y se dirigió a la caja registradora de su antiguo negocio.
और वह अपने पुराने बिज़नेस के कैश रजिस्टर के पास गया।

Había salvado la caja registradora por sentimentalismo.
उसने भावुकता के कारण कैश रजिस्टर को बचा लिया था।

Gregor lo oyó abrir una cerradura pesada y complicada.
ग्रेगर ने उसे एक भारी और मुश्किल ताला खोलते हुए सुना।

Y sacó recibos y libros de la caja.
और उसने कैश बॉक्स से रसीदें और किताबें निकालीं।

Después de tomar los objetos volvió a cerrar la caja fuerte.
सामान लेने के बाद उसने कैश बॉक्स को फिर से बंद कर दिया।

Gregor no había tenido buenas noticias desde su encarcelamiento.
ग्रेगर को जेल जाने के बाद से कोई अच्छी खबर नहीं मिली थी।

Pensó que el negocio había llevado a la quiebra a su padre.
उसे लगा कि इस बिज़नेस ने उसके पिता को दिवालिया बना दिया है।

El padre seguramente le había dado esa impresión a Gregor.
पिता ने निश्चित रूप से ग्रेगर को ऐसा ही आभास दिया था।

Y Gregor nunca le preguntó más sobre las finanzas.
और ग्रेगर ने उनसे फाइनेंस के बारे में और कभी नहीं पूछा।

Gregor quería hacer todo lo posible para ayudar a la familia.
ग्रेगर परिवार की मदद के लिए हरसंभव प्रयास करना चाहता था।

Quería ayudarlos a olvidar la desgracia empresarial.
वह उन्हें बिज़नेस की बुरी हालत को भूलने में मदद करना चाहता था।

La quiebra que provocó la desesperanza más completa.
दिवालियापन जिसने पूरी तरह से निराशा ला दी।

Así que empezó a trabajar con una pasión muy especial.
इसलिए उन्होंने बहुत ही खास जुनून के साथ काम करना शुरू कर दिया।

Se había convertido en un vendedor ambulante casi de la noche a la mañana.
वह लगभग रातों-रात ट्रैवलिंग सेल्समैन बन गया था।

Antes de eso, sólo había trabajado como empleado con un salario bajo.
इससे पहले वह कम सैलरी वाले क्लर्क के तौर पर काम करता था।

Ahora tenía oportunidades de ingresos completamente diferentes.
अब उनके पास कमाई के बिल्कुल अलग मौके थे।

Las ventas exitosas podrían convertirse inmediatamente en efectivo.
सफल बिक्री को तुरंत कैश में बदला जा सकता है।

El dinero en efectivo, por supuesto, se paga con sus comisiones.
बेशक, यह कैश उनके कमीशन से दिया जा रहा है।

Ahora Gregor podía poner dinero en la mesa familiar.

अब ग्रेगर परिवार के लिए पैसे जुटाने में सक्षम था।

Y estaban asombrados y contentos con sus ganancias.
और वे उसकी कमाई से हैरान और खुश थे।

Pero esos tiempos hermosos no se repetirán nuevamente.
लेकिन वो खूबसूरत पल दोबारा नहीं आएंगे।

Apenas se habían acostumbrado a esos buenos tiempos.
उन्हें अभी-अभी इन अच्छे दिनों की आदत पड़ी थी।

Cada día de pago la familia aceptaba el dinero con gratitud.
हर सैलरी वाले दिन परिवार खुशी-खुशी पैसे ले लेता था।

Y Gregor estaba igualmente feliz de entregar el dinero.
और ग्रेगर भी पैसे देने में उतना ही खुश था।

Pero el cálido afecto que recibía a cambio fue muriendo lentamente.
लेकिन बदले में मिला प्यार धीरे-धीरे खत्म हो गया।

Sólo su hermana permaneció tan cerca de Gregor como antes.
केवल उसकी बहन ही ग्रेगर के पहले की तरह करीब रही।

Ella, a diferencia de Gregor, tenía un profundo aprecio por la música.
ग्रेगर के विपरीत, उसे संगीत की गहरी समझ थी।

Y ella sabía tocar el violín de una manera muy conmovedora.
और वह वायलिन को बहुत ही प्यार से बजाना जानती थी।

Gregor planeó en secreto enviarla a la escuela de música.
ग्रेगर ने चुपके से उसे म्यूज़िक स्कूल भेजने का प्लान बनाया।

Aún no había decidido cómo pagaría los gastos.
उन्होंने अभी तक यह तय नहीं किया था कि वे खर्च कैसे उठाएंगे।

Pero de una forma u otra cubriría los costos.
लेकिन किसी न किसी तरह से वह खर्च निकाल ही लेगा।

De vez en cuando Gregor y su familia hacían pequeños viajes.
कभी-कभी ग्रेगर और परिवार छोटी यात्राओं पर जाते थे।

Gregor y su hermana abordaron este tema con frecuencia.
ग्रेगर और बहन अक्सर इस विषय पर बात करते थे।

Pero sólo se mencionó como una idea maravillosa.
लेकिन इसका ज़िक्र हमेशा एक शानदार आइडिया के तौर पर ही किया गया।

Realmente no creían que el sueño pudiera realizarse.
उन्हें सच में विश्वास नहीं था कि सपना पूरा हो सकता है।

Y a los padres no les gustaban esas ambiciones fantasiosas.
और माता-पिता को ऐसी मनगढ़ंत महत्वाकांक्षाएं पसंद नहीं थीं।

Incluso cuando el tema se planteó de manera muy inocente.
तब भी जब यह टॉपिक बहुत मासूमियत से उठाया गया था।

Pero Gregor seguía pensando en la escuela de música.
लेकिन ग्रेगर म्यूज़िक स्कूल के बारे में सोचता रहा।

Y tenía pensado anunciar el regalo en Nochebuena.
और उन्होंने क्रिसमस की शाम को तोहफ़े की घोषणा करने की योजना बनाई।

Por supuesto, en su estado actual sería imposible.
बेशक, उनकी अभी की हालत में यह नामुमकिन होगा।

Pero ese tipo de pensamientos pasaban por su cabeza.
लेकिन इस तरह के विचार उसके दिमाग में आते रहे।

Y tenía estos pensamientos mientras escuchaba a la familia.
और परिवार की बातें सुनते हुए उसके मन में ऐसे ही विचार आए।

A veces se cansaba demasiado para seguir escuchándolos.
कभी-कभी तो वह उनकी बातें सुनते-सुनते थक जाता था।

Su cabeza cayó contra la puerta por el cansancio.
थकान के कारण उसका सिर दरवाज़े से टकरा गया।

Pero inmediatamente volvió a apoyar la cabeza contra la
puerta.
लेकिन उसने तुरंत अपना सिर फिर से दरवाजे से लगा लिया।

Porque incluso el ruido más leve se podía oír afuera.
क्योंकि बाहर हल्की सी भी आवाज़ सुनाई दे सकती थी।

Y cualquier ruido que hacía hacía que la familia se quedara
en silencio.
और उसके द्वारा किया गया कोई भी शोर परिवार को चुप करा देता।

"¿Qué está haciendo ahora?" preguntó el padre a la familia.
"वह अभी क्या कर रहा है?" पिता ने परिवार से पूछा।

Y fue a la puerta para comprobar qué era aquel ruido.

और वह यह देखने के लिए दरवाजे पर गया कि शोर क्या है।

Y luego la conversación interrumpida se reanudó gradualmente.
और फिर रुकी हुई बातचीत धीरे-धीरे फिर से शुरू हो गई।

Pero lo que dijo el padre sorprendió positivamente a todos.
लेकिन पिता ने जो कहा उससे सभी हैरान रह गए।

Gregor ahora conoció la verdadera situación de las finanzas.
ग्रेगर को अब फाइनेंस की असली स्थिति का पता चल गया।

A pesar de todas las desgracias, hubo algo de buena suerte.
सारी मुसीबतों के बावजूद, कुछ अच्छी किस्मत भी थी।

Aún quedaba allí una muy pequeña fortuna de los viejos tiempos.
पुराने दिनों की एक बहुत छोटी सी दौलत अभी भी वहाँ थी।

El padre explicó las cosas, pero tuvo que repetirlas.
पिता ने बातें तो समझाई, लेकिन उन्हें अपनी बात दोहरानी पड़ी।

Porque hacía tiempo que no se ocupaba de estas cosas.
क्योंकि उसने कुछ समय से इन चीज़ों से डील नहीं किया था।

Y porque la madre no entendía tales cosas.
और क्योंकि माँ को ऐसी बातें समझ में नहीं आती थीं।

Los tipos de interés del banco habían subido un poco.
बैंक की ब्याज दरें थोड़ी बढ़ गई थीं।

El dinero intacto había aumentado más de lo esperado.
बचा हुआ पैसा उम्मीद से ज़्यादा बढ़ गया था।

Además Gregor siempre les había dado sus ahorros.
इसके अलावा, ग्रेगर ने हमेशा उन्हें अपनी बचत दी थी।

Sólo había conservado unos pocos florines para sí.
उन्होंने अपने लिए बस कुछ ही गिल्डर्स रखे थे।

Y su dinero aún no se había agotado por completo.
और उसका पैसा भी पूरी तरह खर्च नहीं हुआ था।

En conjunto, este dinero se había acumulado hasta formar un pequeño capital.
कुल मिलाकर यह पैसा एक छोटी पूंजी बन गया था।

Gregor, detrás de su puerta, asintió con entusiasmo ante la noticia.
ग्रेगर ने अपने दरवाज़े के पीछे खड़े होकर, इस खबर पर उत्सुकता से सिर हिलाया।

Le agradó esta inesperada cautela y frugalidad.
वह इस अचानक सावधानी और बचत से खुश थे।

Los fondos sobrantes podrían haberse utilizado para pagar la deuda.
सरप्लस फंड का इस्तेमाल कर्ज़ चुकाने के लिए किया जा सकता था।

Entonces ya no le deberían nada al patrón.
तब उन्हें बॉस को कुछ भी देना नहीं पड़ता।

Y Gregor podría haber cambiado de trabajo mucho antes.
और ग्रेगर बहुत पहले ही नई नौकरी पर जा सकता था।

Pero ahora la manera como el padre lo dispuso estaba mucho mejor.
लेकिन अब पिता ने इसे जिस तरह से अरेंज किया था, वह बहुत बेहतर था।

El dinero no era suficiente para vivir de los intereses.
ब्याज से गुज़ारा करने के लिए पैसे काफ़ी नहीं थे।

Y había que reservar algo de dinero para emergencias.
और इमरजेंसी के लिए कुछ पैसे अलग रखने पड़े।

Sólo habría sido suficiente dinero para uno o dos años.
यह पैसा सिर्फ़ एक या दो साल के लिए ही काफ़ी होता।

Esto significaba que alguien tenía que ganar dinero para que pudieran vivir.
इसका मतलब था कि किसी को तो उनके जीने के लिए पैसे कमाने ही थे।

El padre no estaba enfermo y era bastante fuerte.
पिता अस्वस्थ नहीं थे, और वे काफी मजबूत थे।

Pero llevaba más de cinco años sin trabajo.
लेकिन वह पांच साल से ज़्यादा समय से बेरोज़गार था।

Y, debido a su edad, le quedaba poca confianza en sí mismo.
और, अपनी उम्र के कारण, उनमें बहुत कम आत्मविश्वास बचा था।

También había engordado mucho en los últimos tiempos.
हाल ही में उनका वज़न भी काफी बढ़ गया था।

Su vida siempre había sido ardua y sin éxito.
उनका जीवन हमेशा कठिन और असफल रहा।

Y éstas habían sido las primeras vacaciones que había tenido.
और यह उसकी पहली छुट्टी थी।

Y sin estar ocupado se había vuelto bastante torpe.
और बिना बिज़ी रखे वह काफी अनाड़ी हो गया था।

¿Sería mejor si la anciana madre ganara el dinero?
क्या यह बेहतर होगा कि बूढ़ी माँ पैसे कमाए?

La anciana madre que sufría de asma.
बूढ़ी माँ जो अस्थमा से पीड़ित थी।

La anciana madre que luchaba por subir las escaleras.
वह बूढ़ी माँ जिसे सीढ़ियाँ चढ़ने में बहुत मुश्किल होती थी।

La anciana madre que pasaba el tiempo tumbada en el sofá.
वह बूढ़ी माँ जो अपना समय सोफे पर लेटे हुए बिताती थी।

La anciana madre que prefería quedarse junto a la ventana.
बूढ़ी माँ जो खिड़की के पास रहना पसंद करती थी।

Para poder recuperar el aliento cuando lo necesitara.
ताकि जब ज़रूरत हो तो वह सांस ले सके।

¿Sería mejor si la hermana joven ganara el dinero?
क्या यह बेहतर होगा कि छोटी बहन पैसे कमाए?

La hermana, que a sus diecisiete años era todavía apenas una niña.
बहन, जो सत्रह साल की थी, अभी भी बच्ची ही थी।

La hermana que sólo tuvo unos pocos placeres modestos.
वह बहन जिसके पास बस कुछ मामूली सुख थे।

La hermana a quien le gustaba principalmente tocar el violín.
वह बहन जिसे ज़्यादातर वायलिन बजाने में मज़ा आता था।

Ella sabía que su anterior forma de vida era muy envidiable;
वह जानती थी कि उसकी पिछली जीवन-शैली बहुत ईर्ष्यापूर्ण थी;

Vestirse bien, levantarse tarde, ayudar en la casa.
अच्छे कपड़े पहनना, देर से उठना, घर में मदद करना।

La conversación a menudo giraba en torno a la necesidad de ganar dinero.
बातचीत अक्सर पैसे कमाने की ज़रूरत पर आ जाती थी।

Gregor siempre era el primero en soltar la puerta.
ग्रेगर हमेशा दरवाज़ा छोड़ने वाला पहला व्यक्ति होता था।

La conversación lo puso caliente de vergüenza y dolor.
बातचीत से वह शर्म और दुख से गर्म हो गया।

Entonces se dejó caer en el refrescante sofá de cuero.
तो वह ठंडे लेदर सोफे पर बैठ गया।

Y a menudo pasaba el resto de la noche en el sofá.
और वह अक्सर बाकी रात सोफे पर ही बिताता था।

Nunca durmió realmente en el sofá, ni tampoco por la noche.
वह कभी सोफे पर नहीं सोता था, न ही रात में।

A menudo, simplemente se quedaba rascando el cuero durante horas y horas.
अक्सर वह घंटों तक लेदर को खरोंचता रहता था।

Otras veces empujaba el sillón hacia la ventana.
दूसरी बार वह कुर्सी को खिड़की के पास धकेल देता था।

Esto solo requirió un gran esfuerzo de su parte.
सिर्फ़ इसी काम के लिए उन्हें बहुत मेहनत करनी पड़ी।

El sillón le ayudó a subirse al alféizar de la ventana.
कुर्सी ने उसे खिड़की की चौखट पर चढ़ने में मदद की।

Y desde allí pudo apoyarse en la ventana.
और वहां से वह खिड़की के सहारे टिक सका।

Solía sentir una gran sensación de libertad al hacer esto.
ऐसा करने से उन्हें बहुत आज़ादी महसूस होती थी।

Quizás estaba buscando algún viejo sentimiento liberador.
शायद वह किसी पुरानी आज़ादी वाली फीलिंग की तलाश में था।

Pero su visión no era tan nítida como solía ser.
लेकिन उनकी नज़र पहले जितनी तेज़ नहीं थी।

Las cosas a cierta distancia se veían borrosas e indistintas.
थोड़ी दूरी पर चीज़ें धुंधली और साफ़ नहीं दिख रही थीं।

Ya no podía ver el hospital al otro lado de la calle.

अब उसे सड़क के उस पार अस्पताल दिखाई नहीं दे रहा था।

Antes había maldecido la vista, ahora quería verla.
पहले वह उस नज़ारे को कोसता था, अब वह उसे देखना चाहता था।

Sabía que vivía en la tranquila y urbana Charlottenstrasse.
वह जानता था कि वह शांत, शहरी चार्लोटिनस्ट्रासे में रहता है।

Pero podría haber pensado que estaba mirando el desierto.
लेकिन शायद उसे लगा होगा कि वह रेगिस्तान की ओर देख रहा है।

Un páramo donde el cielo gris y la tierra gris se fusionaban.
एक बंजर ज़मीन जहाँ ग्रे आसमान और ग्रे धरती एक हो गए थे।

La atenta hermana notó dos veces que la silla se había movido.
ध्यान देने वाली बहन ने दो बार देखा कि कुर्सी हिल गई थी।

Después de ordenar, empujó la silla hacia la ventana.
साफ़-सफ़ाई करने के बाद, उसने कुर्सी को वापस खिड़की के पास धकेल दिया।

Y a partir de ahora incluso dejó la ventana abierta.
और अब से उसने खिड़की का साश भी खुला छोड़ दिया।

Gregor realmente hubiera deseado poder hablar con su hermana.
ग्रेगर सच में चाहता था कि वह अपनी बहन से बात कर पाता।

Quería agradecerle por todo lo que hizo por él.
वह उसके लिए किए गए हर काम के लिए उसे धन्यवाद देना चाहता था।

Entonces habría tolerado más fácilmente sus servicios.
तब वह उनकी सेवाओं को ज़्यादा आसानी से सहन कर लेता।

Pero tal como estaban las cosas, él sufrió por su ayuda.
लेकिन जैसे हालात थे, उसे उसकी मदद से तकलीफ़ हुई।

La hermana, por supuesto, intentó disimular la vergüenza.
बहन ने बेशक शर्मिंदगी को छिपाने की कोशिश की।

Y ella hizo todo lo posible para fingir que no se sentía agobiada.
और उसने यह दिखाने की पूरी कोशिश की कि उसे बोझ महसूस नहीं हो रहा है।

Por supuesto, esto es algo que tenía que practicar primero.

बेशक, यह ऐसी चीज़ है जिसकी उसे पहले प्रैक्टिस करनी थी।

Y cuanto más tiempo pasaba, mejor lo hacía.
और जैसे-जैसे समय बीतता गया, वह इसमें उतनी ही बेहतर होती गई।

Pero a Gregor también se le dio más tiempo para ver su pretensión.
लेकिन ग्रेगर को भी उसका दिखावा देखने के लिए और समय दिया गया।

Incluso su entrada a su habitación fue una prueba para él.
यहां तक कि उसके कमरे में उसका आना भी उसके लिए एक मुश्किल काम था।

Tan pronto como entró, corrió directamente a la ventana.
जैसे ही वह अंदर आई, वह सीधे खिड़की की तरफ भागी।

Ni siquiera se tomó el tiempo de cerrar la puerta.
उसने दरवाज़ा बंद करने का भी समय नहीं निकाला।

Normalmente ella evitaba que todos vieran la habitación de Gregor.
आम तौर पर वह ग्रेगर के कमरे को सभी को देखने से बचाती थी।

Y abrió la ventana de golpe con manos apresuradas.
और उसने जल्दी-जल्दी हाथों से खिड़की खोल दी।

Luego volvió a respirar como si se estuviera asfixiando.
फिर उसने फिर से सांस ली, जैसे उसका दम घुट रहा हो।

El aire que entraba era frío y ella respiraba profundamente.
अंदर आ रही हवा ठंडी थी, और उसने गहरी सांस ली।

Pero aún así se quedó junto a la ventana por un rato.
लेकिन फिर भी वह कुछ देर तक खिड़की के पास ही रही।

Con esta rutina asustaba a Gregor dos veces al día.
वह इस रूटीन से ग्रेगर को दिन में दो बार डराती थी।

Mientras ella estaba en la habitación él temblaba debajo del sofá.
जब वह कमरे में थी तो वह सोफे के नीचे कांप रहा था।

Él sabía que a ella le habría gustado ahorrarle esa terrible experiencia.
वह जानता था कि वह उसे इस मुश्किल से बचाना चाहती थी।

Pero ella no podía estar en la habitación con la ventana cerrada.

लेकिन वह खिड़की बंद करके कमरे में नहीं रह सकती थी।

Hubo una ocasión en que ella llegó un poco antes.

एक बार ऐसा हुआ जब वह थोड़ा पहले आ गई।

Probablemente alrededor de un mes después de la transformación de Gregor.

शायद ग्रेगर के बदलाव के लगभग एक महीने बाद।

Ella se había acostumbrado un poco a su nueva apariencia.

उसे उसके नए रूप की कुछ हद तक आदत हो गई थी।

Así que ya no tenía por qué estar particularmente sorprendida.

इसलिए अब उसके पास खास तौर पर हैरान होने की कोई वजह नहीं थी।

Ella lo encontró todavía mirando por la ventana, inmóvil.

उसने पाया कि वह अभी भी बिना हिले खिड़की से बाहर देख रहा था।

Estaba en el lugar más horrible en el que podría haber estado.

वह सबसे भयानक जगह पर था जहां वह हो सकता था।

No le habría sorprendido si ella no hubiera entrado.

अगर वह अंदर नहीं आती तो उसे हैरानी नहीं होती।

Donde le impidió abrir la ventana.

जहां उसे खिड़की खोलने से रोका गया।

Ella salió rápidamente de la habitación y cerró la puerta.

वह जल्दी से फिर कमरे से बाहर निकल गई और दरवाज़ा बंद कर लिया।

Un extraño podría haber llegado a todo tipo de conclusiones.

एक अजनबी हर तरह के नतीजे पर पहुंच सकता था।

Quizás sólo estaba esperando la oportunidad de morderla.

शायद वह उसे काटने के मौके का इंतज़ार कर रहा था।

Gregor, por supuesto, se escondió inmediatamente debajo del sofá.

ग्रेगर, ज़ाहिर है, तुरंत सोफे के नीचे छिप गया।

Pero tuvo que esperar hasta el mediodía para que su hermana regresara.

लेकिन उसे अपनी बहन के लौटने के लिए दोपहर तक इंतज़ार करना पड़ा।

Y ella parecía mucho más inquieta que de costumbre.
और वह अपने रोज़ के स्वभाव से कहीं ज़्यादा बेचैन लग रही थी।

Se dio cuenta de que verlo todavía era insoportable.
उसे एहसास हुआ कि उसे देखना अब भी बर्दाश्त के बाहर था।

Verlo seguiría siendo insoportable para ella.
उसे देखना उसके लिए असहनीय होने वाला था।

Probablemente no podría soportar ver ninguna parte de él.
शायद वह उसका कोई भी हिस्सा देखना बर्दाश्त नहीं कर सकती थी।

Siempre sobresalía una pequeña parte de debajo del sofá.
सोफे के नीचे से एक छोटा सा हिस्सा हमेशा बाहर निकला रहता था।

Un día llevó una sábana sobre su espalda hasta el sofá.
एक दिन वह अपनी पीठ पर चादर लादकर सोफे तक ले गया।

Quería evitar que ella viera cualquier parte de él.
वह उसे अपना कोई भी हिस्सा देखने से बचाना चाहता था।

Él dispuso la sábana de tal manera que todo él quedara oculto.
उसने चादर इस तरह बिछाई कि वह पूरी तरह छिप गया।

Incluso si se agachara no podría verlo.
अगर वह नीचे झुक भी जाती तो भी वह उसे देख नहीं पाती।

Todo el esfuerzo le llevó a Gregor más de tres horas.
इस पूरे काम में ग्रेगर को तीन घंटे से ज़्यादा समय लगा।

Quizás pensó que la sábana era innecesaria.
शायद उसे लगा होगा कि बेडशीट की ज़रूरत नहीं है।

Ella habría sabido que él no quería la sábana.
उसे पता चल गया होगा कि उसे बेडशीट नहीं चाहिए।

Lo hacía para su comodidad, no para la suya propia.
वह यह सब उसके आराम के लिए कर रहा था, अपने लिए नहीं।

Y podría haber quitado la sábana si hubiera querido.
और अगर वह चाहती तो वह चादर हटा सकती थी।

Pero dejó la sábana donde Gregor la había puesto.
लेकिन उसने चादर वहीं छोड़ दी जहां ग्रेगर ने रखी थी।

Y Gregor incluso creyó haber captado una mirada de agradecimiento.
और ग्रेगर को तो लगा कि उसने एक आभारी नज़र देखी है।

Había levantado suavemente la sábana con la cabeza.
उसने धीरे से अपने सिर से चादर ऊपर उठा ली थी।

Quería ver si a su hermana le gustaba el arreglo.
वह देखना चाहता था कि उसकी बहन को यह अरेंजमेंट पसंद आया या नहीं।

Las dos primeras semanas fueron las más difíciles para los padres.
पहले दो हफ़्ते माता-पिता के लिए सबसे मुश्किल थे।

No pudieron animarse a entrar y verlo.
वे खुद को अंदर आकर उससे मिलने के लिए तैयार नहीं कर सके।

Escuchó muchas de sus conversaciones en ese momento.
इस समय उसने उनकी कई बातें सुन लीं।

Reconocieron plenamente todo lo que hacía la hermana.
उन्होंने बहन के हर काम को पूरी तरह से माना।

Aunque solían estar molestos con ella a menudo.
हालांकि वे अक्सर उससे नाराज़ रहते थे।

Porque ella parecía ser una chica un tanto inútil.
क्योंकि वह कुछ हद तक बेकार लड़की लग रही थी।

Ahora eran ellos quienes esperaban al otro lado de la habitación.
अब वे ही कमरे के दूसरी तरफ इंतज़ार कर रहे थे।

Y fue ella quien entró en la habitación a hacer todo.
और वही थी जो कमरे में जाकर सब कुछ करती थी।

Tan pronto como salió quisieron saberlo todo.
जैसे ही वह बाहर आई, वे सब कुछ जानना चाहते थे।

Tenía que decirles exactamente cómo era la habitación.
उसे उन्हें बताना था कि कमरा असल में कैसा दिखता है।

¿Qué comió Gregor? ¿Cómo se comportó esta vez?
"ग्रेगर ने क्या खाया? इस बार उसका व्यवहार कैसा था?"

"¿Quizás se notó una ligera mejoría?"

"क्या शायद कोई मामूली सुधार देखा गया?"

La madre, por cierto, fue en realidad más valiente.
वैसे, माँ असल में ज़्यादा हिम्मतवाली थी।

Y por supuesto, era su propio hijo el que estaba dentro de la habitación.
और हाँ, कमरे के अंदर उसका अपना बेटा था।

En realidad quería visitar a Gregor relativamente pronto.
असल में वह जल्द ही ग्रेगर से मिलना चाहती थी।

Pero al principio el padre y la hermana la frenaron.
लेकिन पिता और बहन ने शुरू में उसे रोक लिया।

Le dieron argumentos muy racionales para que no fuera.
उन्होंने उसके न जाने के लिए बहुत ही सही तर्क दिए।

Gregor escuchó con mucha atención sus razonamientos.
ग्रेगर ने उनकी बात बहुत ध्यान से सुनी।

Y él aceptó el razonamiento tanto como su madre.
और उसने भी अपनी माँ की तरह ही इस तर्क को मान लिया।

Pero más tarde hubo que retenerla por la fuerza.
लेकिन बाद में उसे ज़बरदस्ती रोकना पड़ा।

"¡Déjame entrar con Gregor, es mi desdichado hijo!"
"मुझे ग्रेगर के पास अंदर आने दो, वह मेरा बदनसीब बेटा है!"

-¿No entiendes que tengo que ir a verlo?
"क्या तुम नहीं समझते कि मुझे उससे मिलने जाना है?"

Gregor también se dejó convencer por los argumentos de su madre.
ग्रेगर भी अपनी माँ के तर्कों से सहमत हो गया।

Quizás tenía razón: sería bueno que entrara.
शायद वह सही थी; अगर वह अंदर आ जाए तो अच्छा होगा।

Venir a verlo todos los días sería demasiado.
हर दिन उसके सामने आना बहुत ज़्यादा होगा।

Pero verlo una vez a la semana podría ser suficiente.
लेकिन शायद हफ़्ते में एक बार उनसे मिलना काफ़ी होगा।

Ella podría entender las cosas mucho mejor que la hermana.
वह बहन से ज़्यादा अच्छी तरह समझ सकती है।

A pesar de todo su coraje, ella todavía era sólo una niña.
अपनी सारी हिम्मत के बावजूद, वह अभी भी एक बच्ची ही थी।

Quizás la imprudencia infantil la impulsó a aceptar esa tarea.
शायद बचकानी लापरवाही ने उसे यह काम करने पर मजबूर कर दिया।

Pero el deseo de Gregor de ver a su madre pronto se hizo realidad.
लेकिन ग्रेगर की अपनी मां से मिलने की इच्छा जल्द ही पूरी हो गई।

Durante el día Gregor se mantenía alejado de la ventana.
दिन के समय ग्रेगर खिड़की से दूर रहता था।

Lo hizo por consideración a sus padres.
यह उसने अपने माता-पिता का ख्याल रखते हुए किया।

No tenía mucho espacio para arrastrarse por el suelo.
उसके पास फर्श पर रेंगने के लिए ज़्यादा जगह नहीं थी।

Le resultaba difícil permanecer quieto durante la noche.
उसे रात में चुपचाप लेटे रहना मुश्किल लगता था।

Comer ya no le producía el más mínimo placer.
अब उसे खाने में ज़रा भी मज़ा नहीं आता था।

Por supuesto que tenía que encontrar alguna manera de distraerse.
बेशक उसे अपना ध्यान भटकाने का कोई न कोई तरीका ढूंढना ही था।

Para entretenerse se arrastraba por las paredes.
अपना मनोरंजन करने के लिए वह दीवारों पर ऊपर-नीचे रेंगता रहा।

Y también se arrastró por el techo, boca abajo.
और वह छत पर भी उल्टा रेंगता रहा।

Estaba especialmente feliz cuando colgaba del techo.
वह खास तौर पर तब खुश होता था जब वह छत से लटकता था।

Fue completamente diferente a estar tendido en el suelo.
यह फर्श पर लेटने से बिलकुल अलग था।

Le resultó mucho más fácil respirar en esta posición.
उन्हें इस पोजीशन में सांस लेना बहुत आसान लगा।

Una ligera pero agradable vibración recorrió su cuerpo.
उसके शरीर में हल्का लेकिन सुखद कंपन हुआ।

A veces incluso se relajaba demasiado en su felicidad.
कभी-कभी तो वह अपनी खुशी में बहुत ज़्यादा रिलैक्स भी हो जाता था।

A veces se distraía y se soltaba del techo.
कभी-कभी उसका ध्यान भटक जाता था और वह छत छोड़ देता था।

Y para su propia sorpresa, aterrizó de nuevo en el suelo.
और उसे खुद हैरानी हुई कि वह वापस ज़मीन पर आ गिरा।

Pero tenía mucho mejor control de su cuerpo que antes.
लेकिन अब उसका अपने शरीर पर पहले से कहीं बेहतर कंट्रोल था।

Para que ahora no se haga daño con caídas tan fuertes.
इसलिए अब उसे इतनी बड़ी गिरावट से चोट नहीं लगी।

La hermana notó inmediatamente el nuevo placer de Gregor.
बहन ने तुरंत ग्रेगर की नई खुशी पर ध्यान दिया।

Y había restos de adhesivo donde se había arrastrado.
और जहां वह रेंगकर गया था, वहां गोंद के निशान थे।

Aquí nuevamente la hermana pensó en el bienestar de Gregor.
यहां भी बहन ने ग्रेगर की सेहत के बारे में सोचा।

Quizás apreciaría más espacio para gatear.
शायद उसे रेंगने के लिए ज़्यादा जगह पसंद आएगी।

Y la idea se instaló firmemente en su cabeza.
और यह विचार उसके दिमाग में मजबूती से बैठ गया।

Algunos de los muebles de gran tamaño impedían su libre movimiento.
कुछ बड़े फर्नीचर की वजह से वह आसानी से घूम नहीं पा रहा था।

Ya no trabajaba así que no necesitaba el escritorio.
वह अब काम नहीं करता था, इसलिए उसे डेस्क की कोई ज़रूरत नहीं थी।

Y la caja ocupaba más espacio del necesario. ***
और बॉक्स ने ज़रूरत से ज़्यादा जगह भी घेर ली। ***

La hermana no era capaz de mover estas cosas sola.
बहन अकेले ये चीज़ें नहीं हिला पा रही थी।

Por supuesto que no se atrevió a pedirle ayuda al padre.
बेशक, उसने पिता से मदद मांगने की हिम्मत नहीं की।

La criada seguramente tampoco la habría ayudado.

नौकरानी भी निश्चित रूप से उसकी मदद नहीं करती।

La nueva criada era de hecho un año más joven que ella.
नई नौकरानी असल में उससे एक साल छोटी थी।

Ella había asumido valientemente el papel de ex sirvienta.
उसने बहादुरी से पहले वाली नौकरानी का रोल निभाया था।

Pero había un privilegio que ella insistía en tener.
लेकिन एक खास अधिकार था जिस पर वह ज़ोर देती थी।

Ella quería mantener la cocina cerrada en todo momento.
वह रसोई को हर समय बंद रखना चाहती थी।

Así que la hermana no tuvo más remedio que preguntarle a su madre.
इसलिए बहन के पास अपनी मां से पूछने के अलावा कोई चारा नहीं था।

Con gritos de emocionada alegría la madre acudió a ayudar.
खुशी से चिल्लाते हुए माँ मदद के लिए आई।

Pero ella se quedó en silencio en la puerta de la habitación de Gregor.
लेकिन वह ग्रेगर के कमरे के दरवाज़े पर चुप हो गई।

La hermana comprobó que todo en la habitación estuviera bien.
बहन ने देखा कि कमरे में सब कुछ ठीक है या नहीं।

Gregor había tirado apresuradamente la sábana aún más fuerte.
ग्रेगर ने जल्दी से चादर को और भी कस कर खींच लिया।

Aunque la sábana todavía parecía colocada al azar.
हालांकि बेडशीट अभी भी बेतरतीब ढंग से रखी हुई लग रही थी।

Y sólo entonces dejó que su madre entrara en la habitación.
और उसके बाद ही उसने अपनी मां को कमरे में आने दिया।

Gregor también se abstuvo de espiar desde debajo de la sábana.
ग्रेगर ने चादर के नीचे से जासूसी करने से भी परहेज किया।

Decidió no volver a ver a su madre esta vez.
इस बार उसने अपनी माँ से न मिलने का फ़ैसला किया।

Gregor estaba muy contento de que ella hubiera entrado.

ग्रेगर इस बात से बहुत खुश था कि वह अंदर आ गई थी।

"Pasa, no puedes verlo", dijo la hermana.
"अंदर आ जाओ, तुम उसे देख नहीं सकते," बहन ने कहा।

Gregor supuso que ella llevaba a su madre de la mano.
ग्रेगर ने मान लिया कि वह अपनी मां का हाथ पकड़कर ले जा रही थी।

Entonces escuchó a las dos mujeres débiles moviendo los muebles.
तभी उसने दो कमज़ोर औरतों को फ़र्नीचर हिलाते हुए सुना।

La hermana parecía reclamar la mayor parte del trabajo para ella misma.
ऐसा लगता था कि बहन ज़्यादातर काम अपने लिए ही कर रही थी।

Su madre temía que se esforzara demasiado.
उसकी माँ को डर था कि वह खुद पर ज़्यादा ज़ोर डालेगी।

Pero la hermana no hizo caso a estas advertencias.
लेकिन बहन ने इन चेतावनियों पर कोई ध्यान नहीं दिया।

Pero incluso después de quince minutos el progreso era muy lento.
लेकिन पंद्रह मिनट के बाद भी प्रोग्रेस बहुत धीमी थी।

No habían conseguido mover los muebles muy lejos.
वे फ़र्नीचर को बहुत दूर तक नहीं ले जा पाए थे।

Poco a poco empezaron a sentir una sensación de derrota.
उन्हें धीरे-धीरे हार का एहसास होने लगा था।

La madre fue la primera en admitir la inutilidad.
माँ ने सबसे पहले इस बेकार बात को माना।

"Quizás sería mejor dejar la caja aquí."
"शायद बॉक्स को यहीं छोड़ देना बेहतर होगा।"

"La caja es demasiado pesada para que podamos moverla mucho más lejos".
"बॉक्स इतना भारी है कि हम उसे ज़्यादा दूर नहीं ले जा सकते।"

"Y no terminaremos antes de que llegue tu padre."
"और हम तुम्हारे पिता के आने से पहले काम खत्म नहीं करेंगे।"

Dejar la caja aquí le bloquearía aún más el camino.
"यहां बक्सा छोड़ने से उसका रास्ता और भी ज़्यादा बंद हो जाएगा।"

"¿Y podemos estar seguros de que le estamos haciendo un favor?"
"और क्या हम यह पक्का कर सकते हैं कि हम उस पर कोई एहसान कर रहे हैं?"

Comenzaron a pensar que bien podría ser cierto lo opuesto.
उन्हें लगने लगा कि इसका उल्टा भी सच हो सकता है।

La visión de la pared vacía pesó mucho en su corazón.
खाली दीवार को देखकर उसका दिल भारी हो गया।

¿Quién diría que Gregor no se sentiría así también?
क्या ग्रेगर को भी ऐसा महसूस नहीं होगा?

"Ya está acostumbrado a los muebles de su habitación."
"वह पहले से ही अपने कमरे के फर्नीचर का आदी है।"

"Podría sentirse aún más abandonado en una habitación vacía".
"खाली कमरे में उसे और भी अकेलापन महसूस हो सकता है।"

Para entonces su voz se había reducido casi a un susurro.
अब तक उसकी आवाज़ लगभग धीमी होकर फुसफुसाहट जैसी हो गई थी।

En realidad no sabía el paradero exacto de Gregor.
असल में उसे ग्रेगर का सही पता नहीं था।

Ella no quería ni siquiera que él escuchara el sonido de su voz.
वह नहीं चाहती थी कि वह उसकी आवाज़ भी सुने।

Aunque ella estaba segura de que él no la entendía.
हालाँकि उसे यकीन था कि वह उसे नहीं समझता।

"¿No parecería como si lo hubiéramos abandonado por completo?"
"क्या ऐसा नहीं लगेगा कि हमने उस पर से पूरी तरह हार मान ली है?"

"¿No sentirá que lo estamos dejando solo?"
"क्या उसे ऐसा नहीं लगेगा कि हम उसे अकेले ही सब कुछ झेलने के लिए छोड़ रहे हैं?"

"Deberíamos dejar la habitación exactamente como estaba".
"हमें कमरे को ठीक वैसे ही छोड़ देना चाहिए जैसा वह था।"

"Al final Gregor volverá con nosotros como antes."

"आखिरकार ग्रेगर हमारे पास वैसे ही वापस आएगा जैसे वह था।"

"Entonces encontrará que todo sigue en su lugar."
"तब वह पाएगा कि सब कुछ अपनी जगह पर है।"

"Y olvidará mucho más fácilmente el período interino".
"और वह बीच का समय बहुत आसानी से भूल जाएगा।"

Cuando Gregor escuchó estas palabras se dio cuenta de algo.
जब ग्रेगर ने ये शब्द सुने तो उसे कुछ एहसास हुआ।

Su mente se había vuelto confusa durante los últimos dos meses.
पिछले दो महीनों से उसका दिमाग कन्फ्यूज हो गया था।

La falta de interacción humana no había sido buena para él.
इंसानों से बातचीत की कमी उसके लिए अच्छी नहीं थी।

Realmente necesitaba la vida monótona en medio de su familia.
उसे सच में अपने परिवार के बीच बोरिंग ज़िंदगी की ज़रूरत थी।

¿Por qué si no habría hecho una exigencia tan absurda?
वरना उसने ऐसी बेमतलब की मांग क्यों की होगी?

¿Qué sentido tenía vaciar su habitación?
उसका कमरा खाली करने का क्या मतलब था?

La cómoda habitación amueblada con muebles heredados.
विरासत में मिले फर्नीचर से सजा आरामदायक कमरा।

¿Por qué querría convertir ese calor conocido en una cueva?
वह इस जानी-पहचानी गर्मी को गुफा में क्यों बदलना चाहेगा?

Una cueva donde poder arrastrarse en todas direcciones en paz.
एक गुफा जहाँ वह शांति से सभी दिशाओं में रेंग सकता था।

Pero una cueva en la que olvidó rápidamente su pasado humano.
लेकिन एक गुफा जिसमें वह अपने इंसानी अतीत को तेज़ी से भूल गया।

Tuvo que preguntarse si ya estaba cerca de olvidar.
उसे सोचना पड़ा कि क्या वह पहले ही भूलने के करीब था।

La voz de su madre lo había sacudido y lo había hecho recordar.

उसकी माँ की आवाज़ ने उसे याद दिला दिया था।

La voz que no había oído durante tanto tiempo.
वह आवाज़ जो उसने बहुत समय से नहीं सुनी थी।

No había que quitar nada, todo tenía que quedar.
कुछ भी नहीं हटाया जाना चाहिए; सब कुछ वहीं रहना चाहिए।

Los muebles influyeron positivamente en su condición.
फर्नीचर ने उनकी हालत पर अच्छा असर डाला।

Y no podría vivir sin este ancla en el pasado.
और वह अतीत के इस सहारे के बिना काम नहीं कर सकता था।

Los muebles impedían que se arrastrara sin sentido.
फर्नीचर की वजह से वह बेसुध होकर इधर-उधर नहीं रेंग सका।

Pero eso no fue una pérdida, sino más bien una gran ventaja.
लेकिन यह कोई नुकसान नहीं था; बल्कि यह एक बड़ा फ़ायदा था।

Lamentablemente la hermana tenía una opinión muy diferente.
दुर्भाग्य से बहन की राय बहुत अलग थी।

Ella se había convertido en una especie de portavoz de Gregor.
वह कुछ हद तक ग्रेगर की प्रवक्ता बन गई थी।

Por supuesto que su opinión no era del todo injustificada.
बेशक उसकी राय पूरी तरह गलत नहीं थी।

Pero aquí la opinión de su madre tuvo que ser contradicha.
लेकिन यहां उसकी मां की राय को गलत साबित करना पड़ा।

Ahora no era solo la caja la que había que retirar.
अब सिर्फ़ बॉक्स ही नहीं हटाना था।

Ni su escritorio ni el armario podían permanecer allí.
उनकी डेस्क और अलमारी भी नहीं रह सकी।

Lo único imprescindible era el sofá.
एकमात्र ज़रूरी चीज़ सोफ़ा था।

Ella no decidió esto sólo por desafío infantil.
उसने यह फैसला सिर्फ़ बचकानी अवज्ञा में नहीं लिया था।

Tampoco fue su recientemente adquirida confianza en sí misma.

यह उसका हाल ही में आया आत्मविश्वास भी नहीं था।

La nueva confianza que tuvo que trabajar muy duro para ganar.
नया कॉन्फिडेंस पाने के लिए उसे बहुत मेहनत करनी पड़ी।

Aunque nadie esperaba que ella pudiera hacerlo.
हालांकि किसी को भी उम्मीद नहीं थी कि वह ऐसा कर पाएगी।

Gregor realmente necesitaba mucho espacio para gatear.
ग्रेगर को रेंगने के लिए सच में बहुत जगह की ज़रूरत थी।

Los muebles sólo limitaban el espacio del que disponía.
फर्नीचर की वजह से उसके पास सिर्फ़ उतना ही कमरा था जितना उसके पास था।

Ella podía ver estas cosas mejor que la madre.
वह इन चीज़ों को माँ से बेहतर देख पाती थी।

Pero quizá su espíritu romántico también jugó un papel.
लेकिन शायद उनकी रोमांटिक भावना ने भी इसमें भूमिका निभाई।

Las niñas de esa edad suelen desarrollar cierto entusiasmo.
उस उम्र की लड़कियों में अक्सर एक खास उत्साह आ जाता है।

Y sienten la necesidad de salirse con la suya siempre que pueden.
और उन्हें जब भी मौका मिले, अपनी बात मनवाने की ज़रूरत महसूस होती है।

Quizás por eso quería sabotearlo en secreto.
शायद इसीलिए वह चुपके से उसे नुकसान पहुंचाना चाहती थी।

Es aún más aterrador cuando se arrastra por las paredes.
जब वह दीवारों पर रेंगता है तो और भी डरावना लगता है।

Los padres ya no se atrevían a entrar en la habitación.
माता-पिता अब कमरे में आने की हिम्मत नहीं कर रहे थे।

Ella realmente sería la única cuidadora de su hermano.
वह सचमुच अपने भाई की अकेली देखभाल करने वाली होगी।

Ella no dejó que su madre la persuadiera de lo contrario.
उसने अपनी माँ को उसे किसी और तरह से मनाने नहीं दिया।

La madre de Gregor ya se sentía incómoda en la habitación.
ग्रेगर की माँ कमरे में पहले से ही असहज महसूस कर रही थी।

Pronto dejó de hablar y ayudó nuevamente a su hija.

उसने जल्द ही बोलना बंद कर दिया और फिर से अपनी बेटी की मदद की।

Con las fuerzas que les quedaban retiraron el armario.
अपनी बची हुई ताकत से उन्होंने अलमारी हटा दी।

La cómoda era algo de lo que podía prescindir.
दराज़ों वाली अलमारी ऐसी चीज़ थी जिसके बिना वह रह सकता था।

Pero el escritorio tendría que quedarse allí por el momento.
लेकिन डेस्क को फिलहाल वहीं रहना था।

Mientras las mujeres estaban ausentes, trató de evaluar la habitación.
जब औरतें चली गईं तो उसने कमरे का जायज़ा लेने की कोशिश की।

Y Gregor asomó la cabeza por debajo del sofá.
और ग्रेगर ने सोफे के नीचे से अपना सिर बाहर निकाला।

Tenía que ver qué podía hacer con la situación.
उसे देखना था कि वह इस स्थिति के बारे में क्या कर सकता है।

Pero fue lo más cuidadoso y considerado posible.
लेकिन वह जितना हो सके उतना सावधान और विचारशील था।

Desgraciadamente fue la madre quien regresó primero.
दुर्भाग्य से माँ ही पहले लौटी।

Grete todavía estaba moviendo el armario en la habitación de al lado.
ग्रीट अभी भी अगले कमरे में अलमारी हटा रही थी।

Pero la madre no estaba acostumbrada a ver a Gregor.
लेकिन माँ को ग्रेगर को देखने की आदत नहीं थी।

Incluso un simple vistazo a él podría haberla enfermado.
उसकी एक झलक भी उसे बीमार कर सकती थी।

Gregor se apresuró a retroceder hasta el otro extremo del sofá.
ग्रेगर जल्दी से सोफे के दूसरे छोर पर वापस चला गया।

Pero no podía retroceder y equilibrar la sábana.
लेकिन वह पीछे नहीं हट सका और बेडशीट को बैलेंस नहीं कर सका।

El movimiento fue suficiente para llamar la atención de la madre.
यह हरकत माँ का ध्यान खींचने के लिए काफी थी।

Ella hizo una pausa y se quedó muy quieta por un breve momento.
वह रुकी और कुछ देर के लिए एकदम स्थिर खड़ी रही।

Luego se dio la vuelta y salió de la habitación.
फिर वह मुड़ी और कमरे से बाहर चली गई।

Gregor seguía diciéndose a sí mismo que no había ocurrido nada inusual.
ग्रेगर खुद से कहता रहा कि कुछ भी असामान्य नहीं हुआ।

"Son sólo algunos muebles que se han llevado".
"यह बस कुछ फर्नीचर है जो ले जाया गया है।"

Pero pronto tuvo que admitir que los acontecimientos le afectaron.
लेकिन जल्द ही उन्हें यह मानना पड़ा कि इन घटनाओं का उन पर असर हुआ।

Las mujeres habían estado diciendo todo lo que estaban haciendo.
महिलाएं जो कुछ भी कर रही थीं, वह सब कह रही थीं।

Habían estado caminando de un lado a otro por la habitación.
वे कमरे में इधर-उधर घूम रहे थे।

El rayado de todos los muebles en el suelo.
फर्श पर सारे फर्नीचर की खरोंच।

Se sentía como si lo atacaran desde todos lados.
उसे ऐसा लगा जैसे उस पर चारों तरफ से हमला हो रहा है।

Apretó la cabeza y las piernas lo más fuerte que pudo.
उसने अपने सिर और पैरों को जितना हो सके उतना कसकर अंदर खींच लिया।

Con todas sus fuerzas presionó su cuerpo contra el suelo.
उसने पूरी ताकत से अपना शरीर ज़मीन पर दबाया।

Sabía que no podría soportar todo esto por mucho más tiempo.
वह जानता था कि वह यह सब ज़्यादा समय तक नहीं सह सकता।

Vaciaron su habitaclón y se llevaron todo lo que amaba.
उन्होंने उसका कमरा खाली कर दिया और उसकी हर पसंदीदा चीज़ ले ली।

Ya se habían llevado la caja que contenía todas sus herramientas.
वे पहले ही वह बक्सा ले चुके थे जिसमें उसके सारे औज़ार थे।

Ahora estaban aflojando su pesado escritorio del suelo.
अब वे उसकी भारी मेज को ज़मीन से ढीला कर रहे थे।

El escritorio en el que había trabajado después de regresar del trabajo.
वह डेस्क जिस पर उसने काम से वापस आने के बाद काम किया था।

El escritorio en el que había escrito sus tareas comerciales.
वह डेस्क जिस पर उसने अपने बिज़नेस असाइनमेंट लिखे थे।

El escritorio en el que había hecho sus deberes en la escuela secundaria.
वह डेस्क जिस पर उसने सेकेंडरी स्कूल में अपना होमवर्क किया था।

Sí, ya había tenido este pupitre en la escuela primaria.
हाँ, प्राइमरी स्कूल में उनके पास यह डेस्क पहले से ही थी।

Realmente no tuvo tiempo de confirmar sus buenas intenciones.
उनके पास सच में उनके अच्छे इरादों को कन्फर्म करने का समय नहीं था।

Aunque ya casi había olvidado que estaban allí.
हालांकि वह लगभग भूल ही गया था कि वे वहां थे।

Porque trabajaban en silencio, por el cansancio.
क्योंकि वे थकान के कारण चुपचाप काम कर रहे थे।

Estaban demasiado cansados para anunciar sus movimientos ahora.
वे अब अपने मूवमेंट्स बताने के लिए बहुत थक गए थे।

Lo único que oyó fueron sus pesados pasos en el suelo.
उसे सिर्फ़ फ़र्श पर उनके भारी कदमों की आवाज़ सुनाई दी।

Justo en ese momento estaban apoyados sobre la caja.
ठीक उसी समय वे बॉक्स से टिके हुए थे।

Y entonces Gregor salió de debajo del sofá.
और तभी ग्रेगर सोफे के नीचे से बाहर आया।

Cambió la dirección en la que corría cuatro veces.
उसने चार बार अपनी दिशा बदली।

No podía decidir qué elemento debía salvarse primero.
वह तय नहीं कर पा रहा था कि पहले किस आइटम को बचाना है।

De repente su atención se dirigió a la pared vacía.
अचानक उसका ध्यान खाली दीवार की ओर गया।

Lo único que le quedó fue la fotografía de la dama con pieles.
उन्होंने उसके लिए सिर्फ़ फर वाली महिला की तस्वीर छोड़ी थी।

Se arrastró hasta la imagen para presionar su cuerpo contra el de ella.
वह रेंगकर तस्वीर के पास गया और अपना शरीर उससे सटा लिया।

Y su cuerpo cubrió completamente la vista de la imagen.
और उसके शरीर ने तस्वीर का पूरा नज़ारा ढक दिया।

El vaso lo sostuvo y reconfortó su vientre caliente.
गिलास ने उसे सहारा दिया और उसके गर्म पेट को आराम दिया।

Esta fotografía ya no se la pudieron quitar.
यह तस्वीर अब उससे नहीं ली जा सकती थी।

Luego giró la cabeza hacia la puerta de la sala de estar.
फिर उसने अपना सिर लिविंग रूम के दरवाज़े की तरफ़ घुमाया।

Iba a observar mientras las mujeres regresaban a la habitación.
वह देखने वाला था कि औरतें कमरे में वापस कैसे आती हैं।

Y no descansaron mucho antes de regresar nuevamente.
और वे ज़्यादा देर आराम नहीं कर पाए और फिर वापस आ गए।

El brazo de Grete rodeaba a su madre para ayudarla a caminar.
ग्रेटे ने अपनी मां को चलने में मदद करने के लिए अपना हाथ उसके चारों ओर रखा हुआ था।

"¿Qué nos llevamos ahora?" dijo Grete y miró a su alrededor.
"अब हम क्या लें?" ग्रेटे ने कहा और चारों ओर देखा।

Justo en ese momento su mirada se encontró con los ojos de Gregor.
ठीक उसी समय उसकी नज़र ग्रेगर की आँखों से मिली।

A pesar del shock, mantuvo la presencia de ánimo.

सदमे के बावजूद, उसने अपना होश बनाए रखा।

Probablemente sólo por la presencia de su madre.
शायद सिर्फ़ उसकी माँ की मौजूदगी की वजह से।

Ella inclinó su rostro hacia su madre, cubriéndole la vista.
उसने अपना चेहरा अपनी माँ की तरफ़ झुका लिया, जिससे उसका नज़ारा छिप गया।

Y entonces dijo, aunque temblorosa y desconsiderada:
और फिर उसने कांपते हुए और बिना सोचे-समझे कहा:

-Vamos, ¿no deberíamos volver a la sala de estar?
"चलो, क्या हम लिविंग रूम में वापस नहीं चलें?"

Gregor podía comprender fácilmente las intenciones de la hermana.
ग्रेगर बहन के इरादे आसानी से समझ सकता था।

Su primera prioridad fue poner a su madre a salvo.
उसकी पहली प्राथमिकता अपनी मां को सुरक्षित जगह पर लाना था।

Pero luego ella iba a perseguirlo desde la pared.
लेकिन फिर वह उसे दीवार से नीचे गिराने वाली थी।

«¡Pues claro que puede intentarlo!», pensó Gregor para sus adentros.
"ठीक है, वह ज़रूर कोशिश कर सकती है!" ग्रेगर ने मन ही मन सोचा।

Se sentó firmemente sobre su imagen y no renunció a ella.
वह अपनी तस्वीर पर मजबूती से बैठ गया और उसे नहीं छोड़ा।

Preferiría haberle saltado en la cara a la hermana.
वह तो बहन के मुँह पर कूद पड़ता।

Pero las palabras de Grete preocuparon aún más a su madre.
लेकिन ग्रीट की बातों ने उसकी मां को और भी ज्यादा परेशान कर दिया था।

Ella se hizo a un lado para ver lo que le ocultaban.
वह यह देखने के लिए एक तरफ हट गई कि उससे क्या छिपाया जा रहा है।

Y vio la mancha marrón en el papel pintado floreado.
और उसने फूलों वाले वॉलपेपर पर भूरे रंग का दाग देखा।

Y ella gritó antes de darse cuenta de que era Gregor.
और वह चीख पड़ी, इससे पहले कि उसे पता चलता कि वह ग्रेगर है।

"Oh Dios", gritó con los brazos extendidos.

"हे भगवान," वह अपनी बाहें फैलाकर चिल्लाई।

Y ella se dejó caer en el sofá como si se hubiera rendido.
और वह सोफे पर ऐसे गिर पड़ी जैसे उसने हार मान ली हो।

—¡Gregor! —gritó la hermana levantando el puño.
"ग्रेगर!" बहन ने मुट्ठी उठाकर उस पर चिल्लाया।

Y ella le dirigió una mirada larga, dura y penetrante.
और उसने उसे एक लंबी, कड़ी और गहरी नज़र से देखा।

Esta era la primera vez que hablaba con él directamente.
यह पहली बार था जब उसने उससे सीधे बात की थी।

Corrió a la habitación de al lado para conseguir algunas sales aromáticas.
वह कुछ सॉल्ट लेने के लिए अगले कमरे में भाग गई।

Tenía que devolverle la conciencia a su madre.
उसे अपनी मां को होश में लाना पड़ा।

Gregor quería ayudar, podría salvar la imagen más tarde.
ग्रेगर मदद करना चाहता था, वह बाद में तस्वीर को सेव कर सकता था।

Pero él se había quedado firmemente pegado al cristal.
लेकिन वह कांच पर मजबूती से फंस गया था।

Entonces tuvo que apartarse usando mucha fuerza.
इसलिए उसे बहुत ज़ोर लगाकर खुद को छुड़ाना पड़ा।

Él también corrió a la habitación de al lado, donde estaba la hermana.
वह भी अगले कमरे में भाग गया, जहां बहन थी।

En el pasado podría haberle dado algún consejo.
पुराने दिनों में वह उसे कुछ सलाह दे सकता था।

Pero ahora no podía hacer nada más que quedarse de brazos cruzados y observar.
लेकिन अब वह चुपचाप खड़े होकर देखने के अलावा कुछ नहीं कर सकता था।

Revolvió el cajón y abrió varias botellas.
उसने दराज में कई बोतलें खोलीं।

Y todavía la asustó cuando ella se dio la vuelta.
और जब वह मुड़ी तो उसने उसे अभी भी डरा दिया।

Una botella cayó al suelo, se rompió y se astilló.

एक बोतल ज़मीन पर गिर गई, टूट गई और टुकड़े-टुकड़े हो गई।

Una astilla de vidrio golpeó la cara de Gregor y lo hirió.
कांच का एक टुकड़ा ग्रेगर के चेहरे पर लगा और वह घायल हो गया।

La botella contenía algún tipo de líquido cáustico.
बोतल में किसी तरह का कास्टिक लिक्विड था।

Y ahora el líquido corrosivo quemaba la cara de Gregor.
और अब वह ज़हरीला लिक्विड ग्रेगर का चेहरा जला रहा था।

Sin embargo, la hermana no tenía tiempo para Gregor en ese momento.
हालाँकि, बहन के पास अभी ग्रेगर के लिए समय नहीं था।

Ella recogió tantas botellas como pudo.
उसने जितनी बोतलें उठा सकीं, उठा लीं।

Y ella corrió de nuevo hacia su madre con la medicina.
और वह दवाई लेकर अपनी मां के पास वापस भागी।

Ella cerró la puerta con el pie, dejando afuera a Gregor.
उसने पैर से दरवाज़ा ज़ोर से बंद कर दिया, जिससे ग्रेगर बाहर आ गया।

Ahora estaba separado de su madre, que estaba potencialmente moribunda.
अब वह अपनी मरने वाली माँ से कट गया था।

Si abriera la puerta, echaría a la hermana.
अगर उसने दरवाज़ा खोला तो वह बहन को भगा देगा।

Pero por supuesto tuvo que quedarse para cuidar a la madre.
लेकिन ज़ाहिर है उसे माँ की देखभाल के लिए रुकना पड़ा।

Ya no podía hacer nada más que esperarlos.
अब वह उनके लिए इंतज़ार करने के अलावा कुछ नहीं कर सकता था।

Acosado por el autorreproche y la ansiedad, comenzó a gatear.
खुद को बुरा-भला कहने और चिंता से परेशान होकर वह रेंगने लगा।

Se arrastró por todas partes: las paredes, los muebles, el techo.
वह हर जगह रेंगता रहा; दीवारें, फर्नीचर, छत।

Sintió como si toda la habitación girara a sú alrededor.
उसे ऐसा लगा जैसे पूरा कमरा उसके चारों ओर घूम रहा है।

Finalmente, desesperado y mareado, volvió a caer.
आखिरकार, निराशा और चक्कर आने पर वह वापस नीचे गिर पड़ा।

Y cayó justo encima de la gran mesa del comedor.
और वह बड़े डाइनिंग रूम टेबल के ठीक ऊपर गिर गया।

Pasó algún tiempo tendido allí, entumecido e incapaz de
moverse.
वह कुछ देर वहीं लेटा रहा, सुन्न और हिल भी नहीं पा रहा था।

Estaba exhausto por todo lo que el día le había traído.
वह आज के दिन में हुई सारी परेशानियों से थक गया था।

Todo estaba tranquilo, pero tal vez eso era una buena señal.
चारों ओर शांति थी, लेकिन शायद यह एक अच्छा संकेत था।

Entonces, rompiendo el silencio, sonó el timbre de la puerta
de afuera.
तभी, सन्नाटे को तोड़ते हुए, बाहर की डोरबेल बजी।

La criada, por supuesto, se había encerrado en su cocina.
नौकरानी ने तो खुद को किचन में बंद कर लिया था।

Así que la hermana era la única que podía abrir la puerta.
इसलिए बहन ही अकेली थी जो दरवाज़ा खोल सकती थी।

"¿Qué pasó?" fue lo primero que preguntó el padre.
"क्या हुआ?" पिता ने सबसे पहले यही पूछा।

La aparición de Grete probablemente le había dicho todo.
ग्रेटे के रूप ने शायद उसे सब कुछ बता दिया था।

La voz de Grete se volvió apagada y apagada mientras
hablaba.
बोलते समय ग्रीट की आवाज़ धीमी और सुस्त हो गई।

Ella debió haber presionado su cara contra el pecho de su
padre.
उसने अपना चेहरा अपने पिता की छाती से लगा लिया होगा।

"La madre estaba inconsciente, pero ahora se siente mejor".
"माँ बेहोश थीं, लेकिन अब उन्हें बेहतर महसूस हो रहा है।"

—Gregor ha escapado —añadió, tal como él esperaba.
"ग्रेगर भाग गया है," उसने कहा, जिसकी उसे उम्मीद थी।

"Siempre te dije que algún día se escaparía."

"मैंने हमेशा तुमसे कहा था कि वह एक दिन भाग जाएगा।"

—Pero vosotras, las mujeres, no quisisteis escucharme, ¿verdad?
"लेकिन तुम औरतें मेरी बात सुनना नहीं चाहती थीं, है ना?"

Gregor se dio cuenta rápidamente de cómo veía las cosas su padre.
ग्रेगर को जल्दी ही समझ आ गया कि उसके पिता चीज़ों को कैसे देखते होंगे।

Había malinterpretado el mensaje demasiado breve de Grete.
उसने ग्रेटे के बहुत छोटे मैसेज का गलत मतलब निकाल लिया था।

Supuso que Gregor había cometido algún acto de violencia.
उन्होंने मान लिया कि ग्रेगर ने कोई हिंसा की है।

Gregor tenía que encontrar una manera de apaciguar a su padre de alguna manera.
ग्रेगर को किसी तरह अपने पिता को खुश करने का तरीका ढूंढना था।

Porque no tuvo tiempo de explicarle las cosas.
क्योंकि उसके पास उसे चीजें समझाने का समय नहीं था।

Pero de todos modos no habría podido explicar las cosas.
लेकिन वह वैसे भी चीज़ें समझा नहीं पाता।

Entonces huyó hacia la puerta y se pegó a ella.
तो वह भागकर दरवाज़े तक गया और उससे सट गया।

De esa manera su padre podría verlo desde la antesala.
इस तरह उसके पिता उसे एंटरूम से देख सकते थे।

Y podría ver que tenía las mejores intenciones.
और वह देख पाएगा कि उसके इरादे अच्छे थे।

No había necesidad de empujarlo con una escoba.
उसे झाड़ू से पीछे धकेलने की कोई ज़रूरत नहीं थी।

Lo único que el padre habría tenido que hacer era abrir la puerta.
पिता को बस दरवाज़ा खोलना था।

Pero él no estaba de humor para notar tales sutilezas.
लेकिन वह ऐसी बारीकियों पर ध्यान देने के मूड में नहीं था।

"¡Ahí estás!" exclamó nada más entrar.

"तुम यहाँ हो!" जैसे ही वह अंदर आया, उसने कहा।

Era como si estuviera enojado y feliz al mismo tiempo.
ऐसा लग रहा था जैसे वह एक ही समय में गुस्सा भी था और खुश भी।

Echó la cabeza hacia atrás y miró al padre.
उसने अपना सिर पीछे खींचा और पिता की ओर देखा।

No se había imaginado que su padre estuviera allí así.
उसने कभी नहीं सोचा था कि उसके पिता वहां इस तरह खड़े होंगे।

Pero en los últimos tiempos había encontrado una nueva distracción.
लेकिन हाल ही में उन्हें ध्यान भटकाने वाली एक नई चीज़ मिल गई थी।

Gatear ahora ocupaba gran parte de su día.
अब उनके दिन का ज़्यादातर समय रेंगने में ही बीत जाता था।

Antes, él estaba al tanto de todas las novedades que ocurrían en el apartamento.
पहले वह अपार्टमेंट में किसी भी खबर पर नज़र रखता था।

Pero últimamente no había estado prestando tanta atención.
लेकिन वह आजकल इतना ध्यान नहीं दे रहा था।

Debería haber estado preparado para afrontar los cambios.
उसे बदलावों का सामना करने के लिए तैयार रहना चाहिए था।

Sin embargo, ¿era este hombre que tenía delante todavía el padre?
फिर भी, क्या उससे पहले वाला आदमी अब भी पिता था?

¿Era él el mismo hombre que solía yacer cansado en su cama?
क्या वह वही आदमी था जो अपने बिस्तर पर थका हुआ पड़ा रहता था?

Cuando Gregor ya se había ido de viaje de negocios.
जब ग्रेगर पहले ही बिज़नेस ट्रिप पर जा चुका था।

¿Era él el mismo hombre que lo saludaba por las noches?
क्या वह वही आदमी था जो शाम को उससे मिलता था?

Cuando estaba en bata en su sillón.
जब वह अपनी कुर्सी पर ड्रेसिंग गाउन में था।

¿Era el mismo hombre que no pudo levantarse a darle la bienvenida?

क्या यह वही आदमी था जो उसका स्वागत करने के लिए खड़ा नहीं हो सका था?

Entonces, permaneciendo sentado, levantó el brazo en señal de alegría.
इसलिए, बैठे-बैठे ही उसने खुशी के संकेत के रूप में अपना हाथ उठाया।

¿Era el mismo hombre con el que salía a caminar de vez en cuando?
क्या वह वही आदमी था जिसके साथ वह कभी-कभी घूमने जाता था?

En raras ocasiones: algunos domingos al año o días festivos.
कभी-कभी: साल में कुछ रविवार, या छुट्टियों पर।

¿Era el mismo hombre que caminaba envuelto en su abrigo?
क्या वह वही आदमी था जो ओवरकोट लपेटे हुए चल रहा था?

¿Avanzó lentamente, entre la madre y él?
क्या वह धीरे-धीरे आगे बढ़ा, माँ और उसके बीच?

Y ellos ya caminaban lentamente por causa de él.
और वे पहले से ही उसके कारण धीरे-धीरे चल रहे थे।

Pero ahora este hombre estaba de pie, fuerte y erguido.
लेकिन अब यह आदमी मज़बूती से और सीधा खड़ा था।

Estaba vestido con un uniforme azul con botones dorados.
उसने नीली यूनिफॉर्म पहनी हुई थी, जिस पर सुनहरे बटन थे।

Botones que llevan los empleados de las instituciones bancarias.
बैंकिंग संस्थानों के कर्मचारी जो बटन पहनते हैं।

Por encima del rígido cuello emergía su fuerte papada.
कड़े कॉलर के ऊपर उसकी मजबूत डबल चिन उभरी हुई थी।

Bajo sus pobladas cejas se asomaban sus ojos negros.
उसकी घनी भौंहों के नीचे उसकी काली आँखें बाहर झाँक रही थीं।

Ahora sus ojos parecían penetrantes, frescos y alertas.
अब उसकी आँखें तेज़, ताज़ा और अलर्ट लग रही थीं।

El cabello blanco, anteriormente despeinado, fue peinado hacia abajo.
पहले बिखरे हुए सफेद बालों को कंघी से नीचे कर दिया गया।

Y su cabello ahora tenía una meticulosa raya central.

और अब उसके बालों में बीच से बहुत ध्यान से मांग निकली हुई थी।

Arrojó su sombrero, que estaba adornado con un monograma dorado.
उन्होंने अपनी टोपी फेंकी, जिस पर सोने का मोनोग्राम लगा हुआ था।

Probablemente era el monograma del banco en el que trabajaba.
यह शायद उस बैंक का मोनोग्राम था जिसके लिए वह काम करता था।

Y el sombrero aterrizó en el sofá, para guardarlo más tarde.
और टोपी सोफे पर रख दी गई, जिसे बाद में रखना था।

Empujó hacia atrás la parte inferior de la larga chaqueta del uniforme.
उसने अपनी लंबी यूनिफॉर्म जैकेट के निचले हिस्से को पीछे धकेला।

Y metió los pulgares en los bolsillos de sus pantalones.
और उसने अपने अंगूठे अपनी पैंट की जेब में डाल लिये।

Y luego, con cara sombría, caminó hacia Gregor.
और फिर, गंभीर चेहरे के साथ, वह ग्रेगर की ओर चला गया।

Probablemente ni siquiera sabía lo que planeaba hacer.
शायद उसे यह भी नहीं पता था कि वह क्या करने की योजना बना रहा है।

Pero aún así levantó los pies inusualmente alto.
लेकिन फिर भी उसने अपने पैर बहुत ज़्यादा ऊपर उठा लिए।

Gregor estaba asombrado por el enorme tamaño de sus botas.
ग्रेगर अपने जूतों के बड़े साइज़ को देखकर हैरान रह गया।

Pero realmente no había tiempo para maravillarse con sus zapatos.
लेकिन सच में उनके जूतों को देखकर हैरान होने का समय नहीं था।

El padre había decidido aplicar una disciplina muy estricta.
पिता ने बहुत सख़्त अनुशासन का फैसला किया था।

Para Gregor sólo era apropiada la mayor severidad.
ग्रेगर के लिए केवल सबसे ज़्यादा सख़्ती ही सही थी।

Él lo sabía desde el primer día de su transformación.
वह अपने बदलाव के पहले दिन से ही यह बात जानता था।

Corrió hacia su padre y se detuvo cuando él se detuvo.

वह दौड़कर अपने पिता के पास गया और जब वे रुके तो वह भी रुक गया।

Corrió hacia él nuevamente cuando se movió de nuevo.
जब वह दोबारा हिला तो वह फिर से उसकी ओर दौड़ा।

El padre se detuvo un momento y Gregor también.
पिता एक पल के लिए रुके, और ग्रेगर भी।

Y corrió hacia adelante nuevamente tan pronto como su padre se movió.
और जैसे ही उसके पिता आगे बढ़े, वह फिर से आगे की ओर दौड़ पड़ा।

De esta manera dieron varias vueltas alrededor de la habitación.
इस तरह वे कई बार कमरे में चक्कर लगाते रहे।

Nadie había conseguido aún ninguna ventaja decisiva.
अभी तक किसी को कोई निर्णायक लाभ नहीं मिला था।

No se podría haber tenido la impresión de una persecución.
किसी को भी पीछा करने का आभास नहीं हो सकता था।

Porque todo el acontecimiento se estaba produciendo demasiado lentamente.
क्योंकि पूरा इवेंट बहुत धीरे-धीरे हो रहा था।

Gregor había decidido quedarse en tierra.
ग्रेगर ने तय कर लिया था कि वह ज़मीन पर ही रहेगा।

Podría haber corrido por las paredes y a lo largo del techo.
वह दीवारों और छत पर चढ़ सकता था।

Pero no quería provocar al padre innecesariamente.
लेकिन वह पिता को बेवजह भड़काना नहीं चाहता था।

Una huida así podría haber parecido especialmente perversa.
ऐसा भागना खास तौर पर बुरा लग सकता था।

Gregor admitió que esta persecución no podía durar mucho más.
ग्रेगर ने माना कि यह पीछा ज़्यादा देर तक नहीं चल सकता।

Cada paso debía ir acompañado de una miríada de movimientos.
हर कदम पर कई तरह की हरकतें करनी पड़ती थीं।

Ya empezaba a sentir falta de aire.

उसे पहले से ही सांस लेने में तकलीफ़ होने लगी थी।

Incluso antes nunca había tenido unos pulmones completamente confiables.
पहले भी उनके फेफड़े पूरी तरह से भरोसेमंद नहीं थे।

Avanzó tambaleándose, guardando sus fuerzas para la carrera.
वह लड़खड़ाते हुए आगे बढ़ा, और दौड़ने के लिए अपनी ताकत बचाकर रखी।

Estaba tan cansado que apenas podía mantener los ojos abiertos.
वह इतना थक गया था कि उसकी आँखें भी मुश्किल से खुली रह पा रही थीं।

Sus pensamientos se volvieron demasiado lentos para pensar en otras escapatorias.
उसके विचार इतने धीमे हो गए कि वह बचने के दूसरे तरीकों के बारे में सोच ही नहीं पाया।

Casi había olvidado que los muros estaban a su disposición.
वह लगभग भूल ही गया था कि दीवारें उसके लिए उपलब्ध हैं।

Pero de todos modos las paredes estaban ocultas detrás de los muebles.
लेकिन दीवारें वैसे भी फर्नीचर के पीछे छिपी हुई थीं।

Y los muebles tenían demasiadas muescas y protuberancias.
और फर्नीचर में बहुत ज़्यादा खांचे और उभार थे।

Y luego, justo a su lado, rodando, había una manzana.
और फिर, उसके ठीक बगल में, लुढ़कता हुआ, एक सेब था।

La manzana debió haberle sido arrojada, se dio cuenta.
उसे एहसास हुआ कि सेब ज़रूर उस पर फेंका गया होगा।

Pero no tuvo tiempo de pensar antes de que llegara otra manzana.
लेकिन उसके पास सोचने का समय ही नहीं था कि दूसरा सेब आ गया।

Gregor se quedó paralizado por la nueva estrategia del padre.
पिता की नई स्ट्रेटेजी से ग्रेगर सदमे में आ गया।

Ya no podía ganar nada intentando huir.
अब उसे भागने की कोशिश से कुछ भी हासिल नहीं हो सकता था।

El padre había decidido bombardearlo con fruta.
पिता ने उस पर फलों की बौछार करने का फैसला किया था।

Se había llenado los bolsillos con lo que había en el frutero de la cocina.
उसने रसोई के फलों के कटोरे से अपनी जेबें भर ली थीं।

Sin apuntar especialmente, lanzó manzana tras manzana.
बिना किसी खास निशाना लगाए, उसने एक के बाद एक सेब फेंके।

Estas pequeñas manzanas rojas rodaban por el suelo.
ये छोटे लाल सेब ज़मीन पर लुढ़क रहे थे।

Como si estuvieran electrificadas, las manzanas chocaron entre sí.
जैसे बिजली का करंट लगा हो, सेब एक-दूसरे से टकरा गए।

Una de las manzanas lanzadas débilmente rozó la espalda de Gregor.
कमज़ोर तरीके से फेंके गए सेबों में से एक ग्रेगर की पीठ पर लगा।

Afortunadamente para él, la manzana se deslizó sin sufrir daño.
खुशकिस्मती से, वह सेब बिना किसी नुकसान के फिसल गया।

Sin embargo, la manzana lanzada después fue más precisa.
हालाँकि, बाद में फेंका गया सेब ज़्यादा सटीक था।

Y esta manzana se alojó profundamente en la espalda de Gregor.
और यह सेब ग्रेगर की पीठ में गहराई तक धंस गया।

Gregor quería alejarse del dolor.
ग्रेगर खुद को दर्द से दूर खींचना चाहता था।

Quizás se pueda escapar de este nuevo e increíble dolor.
शायद इस नए, अविश्वसनीय दर्द से बचा जा सके।

Quizás un cambio de ubicación aliviaría su agonía.
शायद जगह बदलने से उसकी तकलीफ़ कम हो जाएगी।

Pero se sentía como si lo hubieran clavado al suelo.
लेकिन उसे ऐसा लगा जैसे उसे फर्श पर कीलों से ठोंक दिया गया हो।

Se estiró, pero sólo debido a su confusión.
उसने खुद को फैलाया, लेकिन सिर्फ़ अपने कन्फ्यूज़न की वजह से।

Sólo con su última mirada vio que la puerta se abría.
आख़िरी नज़र में ही उसे दरवाज़ा खुलता हुआ दिखा।

La madre corrió hacia su hermana, que gritaba.
माँ चिल्लाती हुई बहन के सामने से भागी।

La hermana la había desnudado, por lo que estaba en camisa.
बहन ने उसके कपड़े उतार दिए थे, इसलिए वह अपनी शर्ट में थी।

Había necesitado respirar en su inconsciencia.
उसे बेहोशी में सांस लेने की जगह की ज़रूरत थी।

Todavía veía cómo la madre corría hacia el padre.
उसने फिर भी देखा कि माँ कैसे पिता की ओर दौड़ी।

Sus faldas se deslizaron hasta el suelo, una tras otra.
उसकी स्कर्ट एक के बाद एक ज़मीन पर गिर गई।

La vio acercarse al padre y tropezar con su falda.
उसने उसे पिता के पास आते और अपनी स्कर्ट पर गिरते देखा।

Abrazándolo, pidió que le perdonaran la vida a Gregor.
उसे गले लगाते हुए उसने ग्रेगर की जान बख़्शने की प्रार्थना की।

En completa unión con su cuerpo, su vista falló.
अपने शरीर के साथ पूरी तरह एक होने पर भी उसकी आँखों की रोशनी चली गई।

Gregor sufrió la grave lesión durante más de un mes.
ग्रेगर को एक महीने से ज़्यादा समय तक गंभीर चोट लगी।

La manzana quedó incrustada; nadie se atrevió a sacarla.
सेब वहीं धंसा रहा; किसी ने उसे निकालने की हिम्मत नहीं की।

La manzana permaneció en su carne como un recordatorio visible.
सेब उसके शरीर में एक दिखने वाली याद के तौर पर रह गया।

Pero la manzana también sirvió como recordatorio para el padre.
लेकिन सेब पिता के लिए एक याद दिलाने वाला भी था।

Se dio cuenta de que no debía tratar a Gregor como a un enemigo.
उन्होंने महसूस किया कि ग्रेगर के साथ दुश्मन जैसा बर्ताव नहीं किया जाना चाहिए।

Actualmente su apariencia puede ser triste y repugnante.
अभी उसका रूप उदास और घिनौना लग सकता है।

Pero aún así, seguía siendo un miembro de su familia.
लेकिन फिर भी, वह अभी भी उनके परिवार का सदस्य था।

Había que aceptar la reticencia y tolerarla.
इस हिचकिचाहट को सहना पड़ा।

Debido a su herida, es posible que haya perdido su movilidad para siempre.
उसके घाव की वजह से, उसकी चलने-फिरने की क्षमता हमेशा के लिए खत्म हो सकती है।

Todavía gateaba por su habitación, pero mucho más lento.
वह अब भी अपने कमरे में रेंगता रहता था, लेकिन बहुत धीरे-धीरे।

Arrastrarse a cualquier altura estaba fuera de cuestión.
किसी भी ऊंचाई पर रेंगने का सवाल ही नहीं उठता था।

Pero Gregor recibió algún tipo de compensación.
लेकिन ग्रेगर को कुछ न कुछ मुआवज़ा ज़रूर मिला।

Por la noche se le abrió la puerta del salón.
शाम को उनके लिए लिविंग रूम का दरवाज़ा खोला गया।

Y consideró que estas reparaciones eran completamente adecuadas.
और उन्हें लगा कि ये मुआवज़ा पूरी तरह से काफ़ी था।

Antes del anochecer ya había empezado a vigilar la puerta.
शाम होने से पहले ही उसने दरवाज़े पर नज़र रखना शुरू कर दिया।

Él yacía en la oscuridad, invisible desde la sala de estar.
वह अंधेरे में लेटा हुआ था, लिविंग रूम से दिखाई नहीं दे रहा था।

Pudo ver a toda la familia en la mesa iluminada.
वह रोशन टेबल पर पूरे परिवार को देख सकता था।

Ahora se le permitió escuchar sus conversaciones.
अब उसे उनकी बातचीत सुनने की इजाज़त थी।

Esto fue bastante diferente a su arreglo anterior.
यह उनकी पिछली व्यवस्था से काफी अलग था।

Las animadas conversaciones de tiempos pasados habían terminado.
पहले के समय की मज़ेदार बातचीत खत्म हो गई थी।

Éstas eran las conversaciones que tanto anhelaba.
ये वो बातचीत थीं जिनका वह इंतज़ार करता था।

Cuando dormía solo en pequeñas habitaciones de hotel.
जब वह छोटे होटल के कमरों में अकेले सो रहा था।

Cuando tuvo que arrojarse entre las sábanas húmedas.
जब उसे खुद को गीले बिस्तर में डालना पड़ा।

Pero ahora las tardes eran en su mayoría tranquilas y sin acontecimientos.
लेकिन अब शामें ज़्यादातर शांत और बिना किसी घटना के बीतती थीं।

El padre se quedó dormido en su sillón después de cenar.
डिनर के बाद पिता अपनी कुर्सी पर सो गए।

Y la madre y la hermana se animaban mutuamente a guardar silencio.
और माँ और बहन ने एक दूसरे से चुप रहने का आग्रह किया।

La madre, inclinada hacia la luz, cosía lino.

माँ रोशनी के पास झुककर कपड़े सिल रही थी।

Ahora ella hace vestidos para una de las tiendas de moda.
अब वह एक फैशन स्टोर के लिए कपड़े बनाती थी।

Al igual que Gregor, la hermana había conseguido un trabajo como vendedora.
ग्रेगर की तरह, बहन ने भी सेल्सवुमन की नौकरी कर ली थी।

Ella estaba aprendiendo taquigrafía y francés por las tardes.
वह शाम को शॉर्टहैंड और फ्रेंच सीख रही थी।

Para que más adelante pudiera tal vez conseguir un mejor puesto de trabajo.
ताकि बाद में उसे शायद कोई बेहतर नौकरी मिल सके।

A veces el padre se despertaba de sus siestas nocturnas.
कभी-कभी पिता शाम की झपकी से जाग जाते थे।

"¡Cariño, ya llevas un buen rato cosiendo hoy!"
"डार्लिंग, आज तुम बहुत देर से सिलाई कर रही हो!"

Parecía haber olvidado que había estado durmiendo.
ऐसा लग रहा था कि वह भूल गया था कि वह सो रहा था।

Pero inmediatamente volvió a caer en un sueño profundo.
लेकिन वह तुरंत फिर से नींद में सो गया।

Y la madre y la hermana se sonrieron cansadamente.
और माँ और बहन एक दूसरे को देखकर थकी हुई सी मुस्कुराई।

El padre había desarrollado una extraña y nueva terquedad.
पिता में एक अजीब सी नई ज़िद आ गई थी।

Incluso en casa se negó a quitarse el uniforme de sirviente.
यहां तक कि घर पर भी उन्होंने अपनी नौकर वाली वर्दी उतारने से मना कर दिया।

Y su bata colgaba inútilmente en la percha.
और उसका ड्रेसिंग गाउन बेकार में हैंगर पर लटका हुआ था।

Así pues, el padre dormía, completamente vestido, en su sillón.
तो पिता पूरे कपड़े पहनकर अपनी आरामकुर्सी पर सो गए।

Era como si siempre estuviera dispuesto a prestar su servicio.
ऐसा लगता था जैसे वह हमेशा उनकी सेवा करने के लिए तैयार रहते थे।

Como si estuviera esperando la voz de su superior.
मानो वह अपने सीनियर की आवाज़ का ही इंतज़ार कर रहा था।

Esto provocó que su uniforme perdiera su limpieza.
इससे उनकी यूनिफ़ॉर्म की सफाई खत्म हो गई।

Aunque el uniforme tampoco era nuevo cuando lo recibió.
हालांकि जब उन्हें यूनिफ़ॉर्म मिली थी तब वह नई नहीं थी।

Y la madre hizo todo lo posible para cuidar el uniforme.
और माँ ने यूनिफ़ॉर्म की देखभाल करने की पूरी कोशिश की।

Gregor pasaba tardes enteras mirando este uniforme.
ग्रेगर ने पूरी शाम इस यूनिफ़ॉर्म को देखते हुए बिताई।

Observó cómo el anciano dormía de manera muy incómoda.
उसने देखा कि बूढ़ा आदमी बहुत बेचैनी से सो रहा था।

Pero mientras dormía también notó algo pacífico.
लेकिन नींद में उसे कुछ शांति भी महसूस हुई।

Cuando el reloj dio las diez la madre intentó despertarlo.
जब घड़ी में दस बजे तो माँ ने उसे जगाने की कोशिश की।

Ella habló en voz baja y lo convenció de ir a la cama.
उसने धीरे से बात की और उसे सोने के लिए मना लिया।

Porque dormir en el sillón no era dormir de verdad.
क्योंकि कुर्सी पर सोना असली नींद नहीं थी।

Iba a tener que empezar a trabajar a las seis en punto.
उसे छह बजे काम शुरू करना था।

Así que realmente necesitaba dormir lo mejor posible.
इसलिए उसे सच में अच्छी नींद लेने की ज़रूरत थी।

Pero una nueva forma de terquedad se apoderó de él.
लेकिन वह एक नए तरह की ज़िद में जकड़ गया था।

Convertirse en sirviente había comenzado a tener ese efecto en él.
नौकर बनने का उस पर यह असर होने लगा था।

Así que siempre insistía en quedarse más tiempo en la mesa.
इसलिए वह हमेशा टेबल पर ज़्यादा देर तक रुकने पर ज़ोर देता था।

Aunque con regularidad volvía a quedarse dormido en su silla.

हालाँकि वह रेगुलर तौर पर फिर से अपनी कुर्सी पर सो जाता था।

Y sólo con la mayor dificultad pudo ser movido.
और उसे बहुत मुश्किल से ही हिलाया जा सका।

Tuvieron que decirle que la cama sería mejor para él.
उसे बताया गया कि यह बिस्तर उसके लिए बेहतर होगा।

Madre y hermana tuvieron que insistir con pequeñas advertencias.
माँ और बहन को छोटी-छोटी चेतावनियों के साथ ज़ोर देना पड़ा।

Durante quince minutos se limitó a menear lentamente la cabeza.
पंद्रह मिनट तक वह बस धीरे-धीरे अपना सिर हिलाता रहा।

Y mantuvo los ojos cerrados y se negó a levantarse.
और उसने अपनी आँखें बंद रखीं, और उठने से मना कर दिया।

La madre tiró de su manga, suavemente, pero con firmeza.
माँ ने धीरे से, लेकिन मज़बूती से उसकी आस्तीन खींची।

Y ella susurró palabras halagadoras en sus oídos cansados.
और उसने उसके थके हुए कानों में तारीफ़ भरे शब्द फुसफुसाए।

La hermana abandonó la tarea que tenía entre manos para ayudar a su madre.
बहन ने अपना काम छोड़कर अपनी माँ की मदद की।

Pero ninguno de sus esfuerzos funcionó con el padre.
लेकिन पिता पर उनकी एक भी कोशिश काम नहीं आई।

Se hundió aún más en su silla, preparado para dormir.
वह अपनी कुर्सी में और भी गहराई तक धंस गया, सोने के लिए तैयार।

Y finalmente las mujeres lo agarraron por las axilas.
और आखिर में औरतों ने उसे बगल से पकड़ लिया।

Abrió los ojos y los miró alternativamente.
उसने अपनी आँखें खोलीं और उन्हें बारी-बारी से देखा।

"¡Qué vida ésta!" se quejó al irse a dormir.
"यह कैसी ज़िंदगी है," उसने बिस्तर पर जाते हुए शिकायत की।

"¿Es esta la paz que me ha sido dada en mi vejez?"
"क्या यही वह शांति है जो मुझे बुढ़ापे में मिली है?"

Pero entonces, apoyándose en las dos mujeres, se levantó
torpemente.
लेकिन फिर, दोनों महिलाओं पर झुककर, वह अजीब तरह से उठ खड़ा हुआ।

Actuó como si llevara la carga más pesada.
उसने ऐसा बर्ताव किया जैसे वह सबसे भारी बोझ उठा रहा हो।

Dejó que las dos mujeres lo guiaran hasta el final de la
habitación.
उसने दोनों महिलाओं को कमरे के आखिर तक ले जाने दिया।

Allí les deseó buenas noches y continuó su camino.
वहां उन्होंने उन्हें गुडनाइट कहा और अपने रास्ते पर चल पड़े।

Pero la madre rápidamente arrojó su kit de costura.
लेकिन माँ ने जल्दी से अपना सिलाई का सामान नीचे फेंक दिया।

Y la hermana también dejó el bolígrafo y el bloc de notas.
और बहन ने भी पेन और नोटपैड नीचे रख दिया।

Y corrieron detrás del padre para ayudarle aún más.
और वे पिता की मदद करने के लिए उनके पीछे दौड़े।

¿Quién en esta familia sobrecargada de trabajo tenía tiempo
para Gregor?
इस बहुत ज़्यादा काम वाले परिवार में ग्रेगर के लिए किसके पास समय था?

¿Quién podría haberle prestado más atención de la
necesaria?
कौन उसे ज़रूरत से ज़्यादा ध्यान दे सकता था?

El presupuesto familiar se fue restringiendo cada vez más.
घर का बजट लगातार सीमित होता गया।

Al final, para ahorrar dinero, tuvieron que despedir a la
criada.
आखिरकार, पैसे बचाने के लिए उन्हें नौकरानी को निकालना पड़ा।

Fue reemplazada por una mujer de cabello blanco y huesos
gruesos.
उसकी जगह एक मोटी हड्डी वाली, सफेद बालों वाली महिला को रख दिया
गया।

Pero esta mujer venía sólo por la mañana y por la tarde.
लेकिन यह महिला केवल सुबह और शाम को ही आती थी।

Y todo el trabajo más pesado y duro quedó guardado para ella.
और सारा भारी और मुश्किल काम उसके लिए बचाकर रखा गया था।

La madre se encargaba de todos los demás quehaceres.
बाकी सारे काम माँ ने ही किए।

Incluso ocurrió que se vendieron varias joyas familiares.
यहां तक कि कई पारिवारिक गहने भी बेच दिए गए।

Joyas que las mujeres lucieron felizmente durante las celebraciones.
ज्वेलरी जो महिलाओं ने सेलिब्रेशन के दौरान खुशी-खुशी पहनी थी।

Gregor aprendió esto en una de las discusiones generales.
ग्रेगर को यह बात एक आम चर्चा से पता चली।

La mayor queja, sin embargo, fue otra.
हालाँकि, सबसे बड़ी शिकायत कुछ और थी।

El apartamento era demasiado grande, pero no podían mudarse.
अपार्टमेंट बहुत बड़ा था, लेकिन वे बाहर नहीं जा सकते थे।

No había manera de que pudieran reubicar a Gregor.
ऐसा कोई तरीका नहीं था जिससे वे ग्रेगर को दूसरी जगह ले जा सकें।

Pero Gregor se dio cuenta de que no era sólo una consideración.
लेकिन ग्रेगर को एहसास हुआ कि यह सिर्फ़ सोच-विचार नहीं था।

Algo más les impidió mudarse a otro lugar.
किसी और चीज़ ने उन्हें कहीं और जाने से रोक दिया।

Podría haber sido fácilmente transportado en una caja adecuada.
उसे आसानी से सही बॉक्स में ले जाया जा सकता था।

Sus sentimientos de completa desesperanza los frenaron.
पूरी तरह से निराश होने की भावना ने उन्हें पीछे खींच लिया।

No querían admitir que la desgracia les había golpeado.
वे यह मानना नहीं चाहते थे कि उन पर मुसीबत आ गई है।

Lo que el mundo exige de los pobres, ellos lo cumplen.
दुनिया गरीब लोगों से जो मांगती है, वे उसे पूरा करते हैं।

El padre le preparó el desayuno al pequeño empleado del banco.
पिता छोटे बैंक क्लर्क के लिए नाश्ता ले आए।

La madre se sacrificó por la ropa de desconocidos.
माँ ने अजनबियों के कपड़े धोने के लिए खुद को कुर्बान कर दिया।

La hermana corría de un lado a otro para atender los pedidos de los clientes.
बहन ग्राहकों के ऑर्डर के लिए इधर-उधर भागती रही।

Pero ya no tenían fuerzas para hacer más.
लेकिन उनमें और कुछ करने की ताकत नहीं थी।

La herida en la espalda de Gregor comenzó a doler aún más.
ग्रेगर की पीठ का घाव और भी ज़्यादा दुखने लगा।

Cada noche, la madre y la hermana llevaban al padre a la cama.
हर रात माँ और बहन पिता को बिस्तर पर ले जाती थीं।

Dejaron su trabajo donde estaba y se sentaron juntos.
उन्होंने अपना काम वहीं छोड़ दिया और साथ बैठ गए।

Y se acercaron más y se sentaron mejilla contra mejilla.
और वे एक दूसरे के और करीब आ गए, और गाल से गाल सटाकर बैठ गए।

La madre señaló la habitación desde donde él observaba.
माँ ने उस कमरे की ओर इशारा किया जहाँ से वह देख रहा था।

"¿Podrías cerrar la puerta?" le preguntó a la hermana.
"क्या आप दरवाज़ा बंद कर देंगे," उसने बहन से पूछा।

Y entonces Gregor se quedó solo otra vez en la oscuridad.
और फिर ग्रेगर फिर से अंधेरे में अकेला रह गया।

Y en la habitación de al lado la mujer mezcló sus lágrimas.
और अगले कमरे में उस औरत ने उनके आंसू मिला दिए।

O bien se quedaban sentados con los ojos secos, simplemente mirando la mesa.
या फिर वे आँखें मूंदकर बैठे रहे, बस टेबल को घूरते रहे।

Gregor apenas durmió, ni de noche ni de día.
ग्रेगर मुश्किल से ही सोता था, न रात को, न दिन को।

A menudo pensaba en cómo podría ayudar a la familia.

वह अक्सर सोचता था कि वह परिवार की मदद कैसे कर सकता है।

Pensó en ganar dinero nuevamente para ellos.
उसने उनके लिए फिर से पैसे कमाने के बारे में सोचा।

Pensó en hacer lo que solía hacer por ellos.
उसने सोचा कि वह उनके लिए वही करे जो वह पहले करता था।

En sus pensamientos regresó el representante autorizado.
अपने विचारों में डूबा हुआ अधिकृत प्रतिनिधि वापस आ गया।

Y esta vez el jefe también vino al apartamento.
और इस बार बॉस भी अपार्टमेंट में आ गया।

Y los oficinistas y los aprendices también estaban allí.
और क्लर्क और अप्रेंटिस भी वहां थे।

Incluso el lento empleado de la oficina vino a verlo.
यहां तक कि ऑफिस का धीमा दिमाग वाला नौकर भी उससे मिलने आया।

Había dos o tres amigos de otros negocios.
दूसरे बिज़नेस से दो-तीन दोस्त भी थे।

Una de las camareras de un hotel de provincias.
प्रांतों के एक होटल की एक नौकरानी।

Un recuerdo querido y fugaz al que intentó aferrarse.
एक प्यारी और पल भर की याद जिसे वह संभालकर रखने की कोशिश कर
रहा था।

Una cajera de una sombrerería para quien tenía intenciones.
एक टोपी की दुकान का कैशियर जिसके लिए उसके इरादे थे।

Pero había sido un poco lento en ganar su aprobación.
लेकिन वह उसकी मंज़ूरी पाने में थोड़ा धीमा था।

**Todos ellos aparecieron en sus pensamientos, mezclados con
desconocidos.**
वे सभी उसके विचारों में अजनबियों के साथ मिले-जुले दिखाई दिए।

Y otros no aparecieron, ya estaban olvidados.
और दूसरे लोग दिखाई नहीं दिए; उन्हें पहले ही भुला दिया गया था।

Pero no le ayudaron a él ni tampoco a la familia.
लेकिन उन्होंने न तो उसकी मदद की और न ही परिवार की।

Eran inaccesibles y él se alegró cuando se fueron.

वे पहुँच से बाहर थे, और जब वे चले गए तो वह खुश हुआ।

No siempre estaba de humor para preocuparse por la familia.
वह हमेशा परिवार की चिंता करने के मूड में नहीं रहता था।

Y se llenó de rabia por la falta de atención.
और ध्यान न मिलने से वह गुस्से से भर गया।

Y no podía imaginar nada que le apeteciera.
और वह ऐसी किसी चीज़ की कल्पना नहीं कर सकता था जिसके लिए उसे भूख थी।

Pero aún así hizo planes para entrar en la despensa.
लेकिन फिर भी उसने पेंट्री में घुसने का प्लान बनाया।

Y él iba a tomar todo lo que se merecía.
और वह वह सब कुछ लेने जा रहा था जिसका वह हकदार था।

La hermana ya no hacía ningún esfuerzo especial por él.
बहन ने अब उसके लिए कोई खास कोशिश नहीं की।

Ella ya no pasaba el tiempo pensando en complacerlo.
अब वह उसे खुश करने के बारे में सोचने में समय नहीं बिताती थी।

Antes de ir a trabajar, rápidamente metió algo de comida en la habitación.
काम से पहले उसने जल्दी से कुछ खाना कमरे में रख दिया।

Y por la noche volvió a barrer rápidamente la comida.
और शाम को उसने जल्दी से खाना फिर से साफ़ कर दिया।

Ya no se daba cuenta de si había comido o no.
उसने खाना खाया या नहीं, इस बात पर अब उसे ध्यान नहीं रहा।

En la actualidad, la mayoría de las veces la comida se dejaba intacta.
अब अक्सर खाना बिना छुए ही रह जाता था।

Ella todavía barría rápidamente la habitación por la noche.
वह शाम को भी जल्दी-जल्दी कमरे में झाड़ू लगाती थी।

Pero ahora hizo lo mínimo, lo más rápido posible.
लेकिन अब उसने जितना हो सके, कम से कम काम किया।

Quedaron vetas de suciedad corriendo por las paredes.
दीवारों पर गंदगी की लकीरें फैली हुई थीं।

Bolas de polvo y basura quedaron tiradas en el suelo.
फ़र्श पर धूल और कचरे के गोले पड़े थे।

Gregor mostró su desaprobación por su falta de cuidado.
ग्रेगर ने उसकी लापरवाही पर अपनी नाराज़गी दिखाई।

Se giró en un ángulo particularmente significativo.
उसने खुद को एक खास एंगल पर घुमाया।

Pero podría haber permanecido en el puesto durante semanas.
लेकिन वह कई हफ़्तों तक इस पद पर रह सकते थे।

Su hermana no habría notado su insatisfacción.
उसकी बहन को उसकी नाराज़गी का पता नहीं चला होगा।

Ella veía la suciedad tan bien como él, o incluso mejor.
वह भी गंदगी को उतनी ही अच्छी तरह देखती थी, अगर उससे बेहतर नहीं तो।

Pero ella había decidido dejar la tierra donde estaba.
लेकिन उसने गंदगी को वहीं छोड़ने का फैसला कर लिया था।

En ese momento adoptó una sensibilidad completamente nueva.
उस समय उन्होंने पूरी तरह से नई सेंसिटिविटी अपनाई।

Ella había hecho de la limpieza de la habitación de Gregor su responsabilidad.
उसने ग्रेगर के कमरे की सफाई को अपनी ज़िम्मेदारी बना लिया था।

La familia se sintió conmovida por su amable consideración.
परिवार उसकी दयालु सोच से बहुत खुश हुआ।

Una vez, la madre le había dado a su habitación una limpieza a fondo.
एक बार माँ ने उसके कमरे की अच्छी तरह सफाई करवाई थी।

Sólo después de utilizar unos cuantos baldes de agua lo consiguió.
कुछ बाल्टियाँ पानी इस्तेमाल करने के बाद ही उसे सफलता मिली।

Sin embargo, la nueva humedad en la habitación perjudicó a Gregor.
हालाँकि, कमरे में नई नमी ने ग्रेगर को नुकसान पहुँचाया।

Y él yacía ancho, amargado e inmóvil en el sofá.

और वह सोफे पर चौड़ा, कड़वा और बिना हिले-डुले पड़ा रहा।

Pero ese fue sólo su primer castigo por ayudar.
लेकिन मदद करने के लिए यह उसकी पहली सज़ा थी।

La hermana notó rápidamente el cambio en la habitación de Gregor.
बहन ने ग्रेगर के कमरे में हुए बदलाव को तुरंत नोटिस कर लिया।

Y ella corrió a la sala, extremadamente insultada.
और वह बहुत बेइज्जत होकर लिविंग रूम में भाग गई।

Su madre levantó las manos y trató de implorarle.
उसकी माँ ने हाथ उठाकर उससे विनती की।

Pero a pesar de una explicación sincera, ella rompió a llorar.
लेकिन ईमानदारी से समझाने के बावजूद, वह फूट-फूट कर रोने लगी।

El padre, por supuesto, se sobresaltó y se levantó de la silla.
पिता जी बेशक चौंककर अपनी कुर्सी से उठ खड़े हुए।

Y los dos padres miraban asombrados e impotentes.
और दोनों माता-पिता हैरान और बेबस होकर देखते रहे।

Y con el tiempo sus emociones también se agitaron.
और आखिरकार उनकी भावनाएं भी उत्तेजित हो गईं।

El padre reprochó a la madre lo que había hecho.
पिता ने माँ को उसके किए के लिए डांटा।

"Deberías haber dejado la habitación para que Grete la limpiara."
"आपको कमरा ग्रीट को साफ करने के लिए छोड़ देना चाहिए था।"

Grete le gritó a la madre por limpiar su habitación.
ग्रेटे ने अपना कमरा साफ करने के लिए माँ पर चिल्लाया।

"¡Nunca más podrás limpiar su habitación!"
"तुम्हें फिर कभी उसका कमरा साफ़ करने की इजाज़त नहीं है!"

La madre intentó arrastrar al padre al dormitorio.
माँ ने पिता को बेडरूम में खींचने की कोशिश की।

La hermana se quedó en la habitación, temblando y sollozando.
बहन कमरे में कांपती और रोती हुई रह गई।

Y golpeó la mesa con sus pequeños puños.

और उसने अपनी छोटी मुट्ठियों से मेज पर ज़ोर से मारा।

Y Gregor, enojado, siseó fuertemente contra todos ellos.
और ग्रेगर ने उन सब पर गुस्से में ज़ोर से फुफकारा।

¿Por qué a nadie se le ocurrió cerrarle la puerta?
किसी ने उसके लिए दरवाज़ा बंद करने के बारे में क्यों नहीं सोचा?

Podrían haberle ahorrado esta vista y este ruido.
वे उसे इस नज़ारे और शोर से बचा सकते थे।

La hermana estaba agotada después de llegar a casa del trabajo.
काम से घर आने के बाद बहन थक गई थी।

Y cuidar a Gregor era aún más trabajo para ella.
और ग्रेगर की देखभाल करना उसके लिए और भी ज़्यादा काम था।

Pero eso no significaba que la madre debía haberlo hecho.
लेकिन इसका मतलब यह नहीं था कि मां को ऐसा करना चाहिए था।

A Gregor, por el contrario, no hay que descuidarlo.
दूसरी ओर, ग्रेगर को नज़रअंदाज़ नहीं किया जाना चाहिए।

Pero ahora tenían una nueva criada que podía hacer esas cosas.
लेकिन अब उनके पास एक नई नौकरानी थी जो ऐसे काम कर सकती थी।

Una viuda anciana que tenía una estructura ósea robusta.
एक बुज़ुर्ग विधवा जिसकी हड्डियाँ मज़बूत थीं।

Una estatura que la ayudó a sobrevivir a su difícil vida.
एक ऐसा कद जिसने उसे मुश्किल ज़िंदगी जीने में मदद की।

Ella no sentía ninguna aversión real hacia la apariencia de Gregor.
ग्रेगर के लुक से उसे कोई खास नफ़रत नहीं थी।

Ella había abierto accidentalmente la puerta de la habitación de Gregor.
उसने गलती से ग्रेगर के कमरे का दरवाज़ा खोल दिया था।

No fue por ninguna curiosidad particular sobre la habitación.
यह कमरे के बारे में किसी खास जिज्ञासा की वजह से नहीं था।

Ella simplemente estaba haciendo su trabajo y por casualidad abrió la puerta.
वह बस अपना काम कर रही थी, और अचानक दरवाज़ा खुल गया।

Gregor, por supuesto, quedó completamente sorprendido por ella.
ग्रेगर, बेशक, उससे पूरी तरह हैरान था।

No lo perseguían, sino que corría de un lado a otro.
उसका पीछा नहीं किया जा रहा था, लेकिन वह आगे-पीछे भाग रहा था।

Y ella simplemente cruzó sus brazos y lo observó gatear.
और वह बस अपने हाथ मोड़कर उसे रेंगते हुए देखती रही।

Desde entonces ella siempre le abría un poquito la puerta.
तब से, वह हमेशा उसके लिए दरवाज़ा थोड़ा खोलती थी।

Una mañana ella entró para ver cómo estaba.
एक बार सुबह उसने अंदर जाकर देखा कि वह कैसा है।

Y por la tarde ella fue a ver cómo estaba antes de irse.
और शाम को जाने से पहले उसने उसका हालचाल पूछा।

Al principio ella también intentó llamarlo para que viniera con ella.
पहले तो उसने भी उसे अपने पास बुलाने की कोशिश की।

"¡Ven aquí, viejo escarabajo pelotero!", solía decir.
वह कहती थी, "इधर आओ, बूढ़े गोबर के कीड़े!"

O ella dijo, "¡mira ese viejo escarabajo pelotero!", amigablemente.
या उसने दोस्ताना अंदाज़ में कहा, "बूढ़े गोबर के कीड़े को देखो!"

Gregor nunca reaccionó cuando le hablaron de esa manera.
ग्रेगर ने कभी भी इस तरह से बात किए जाने पर जवाब नहीं दिया।

Él permaneció allí, sin moverse, y la ignoró.
वह वहीं बिना हिले-डुले खड़ा रहा और उसे अनदेखा करता रहा।

"Si le hubieran dicho cómo hacer correctamente su trabajo."
"काश उसे बताया गया होता कि उसे अपना काम ठीक से कैसे करना है।"

"En lugar de molestarme debería limpiar mi habitación."
"मुझे परेशान करने के बजाय उसे मेरा कमरा साफ़ करना चाहिए।"

Una mañana temprano una fuerte lluvia golpeó las ventanas.

एक बार सुबह-सुबह तेज़ बारिश की बूंदें खिड़कियों पर पड़ीं।

Quizás la lluvia ya era una señal de la llegada de la primavera.
शायद बारिश पहले से ही आने वाले वसंत का संकेत थी।

La criada comenzó a hablarle de esa manera una vez más.
नौकरानी ने एक बार फिर उससे उसी तरह बात करना शुरू कर दिया।

Gregor estaba tan amargado que se giró para mirarla.
ग्रेगर इतना क्रोधित हो गया कि उसने उसका सामना किया।

Era lento y débil, pero fue una especie de ataque.
वह धीमा और कमज़ोर था, लेकिन यह एक तरह का अटैक था।

La criada, sin embargo, no tenía ningún miedo de Gregor.
हालाँकि, नौकरानी ग्रेगर से बिल्कुल भी नहीं डरती थी।

En lugar de eso, levantó una silla que estaba cerca de la puerta.
इसके बजाय, उसने दरवाज़े के पास रखी एक कुर्सी उठा ली।

Y ella permaneció allí, tranquilamente, con la boca abierta.
और वह वहाँ शांति से, अपना मुँह खोले खड़ी रही।

Sus intenciones eran claras, incluso Gregor podía verlo.
उसके इरादे साफ़ थे, ग्रेगर भी यह देख सकता था।

Y se giró, lentamente, a su posición original.
और वह धीरे-धीरे घूमकर अपनी असली जगह पर आ गया।

—Entonces no quieres acercarte más, ¿verdad?
"तो फिर आप और पास नहीं आना चाहते, है ना?"

Y silenciosamente volvió a poner la silla en la esquina.
और उसने चुपचाप कुर्सी वापस कोने में रख दी।

Gregor ya casi no comía nada.
ग्रेगर अब मुश्किल से ही कुछ खा रहा था।

A veces, mientras caminaba por la habitación, se detenía.
कभी-कभी, कमरे में घूमते हुए, वह रुक जाता था।

Y se encontró junto a la comida preparada para él.
और उसने खुद को उसके लिए तैयार किए गए खाने के पास पाया।

Se llevó la comida a la boca, pero sólo para jugar con ella.

उसने खाना अपने मुंह में डाला, लेकिन सिर्फ उसके साथ खेलने के लिए।

Y muy a menudo lo escupía de nuevo al cabo de unas horas.
और अक्सर वह कुछ घंटों के बाद फिर से वही बात उगल देता था।

Trató de encontrar una razón para su falta de apetito.
उसने अपनी भूख न लगने का कारण जानने की कोशिश की।

Quizás porque estaba triste por el estado de su habitación.
शायद इसलिए क्योंकि वह अपने कमरे की हालत से दुखी था।

Pero ya se había adaptado a los cambios que se producían en la habitación.
लेकिन वह कमरे में हो रहे बदलावों को स्वीकार कर चुका था।

Recientemente su habitación se había convertido en una especie de almacén.
हाल ही में उनका कमरा एक तरह का स्टोरेज रूम बन गया था।

Se habían acostumbrado a dejar las cosas allí.
उन्हें वहां चीजें छोड़ने की आदत हो गई थी।

Y ahora quedaban muchas cosas así en su habitación.
और अब उसके कमरे में ऐसी बहुत सी चीजें बची हुई थीं।

Porque una habitación del apartamento estaba alquilada.
क्योंकि अपार्टमेंट का एक कमरा किराए पर दिया गया था।

Tres caballeros serios alquilaban la habitación juntos.
तीन ईमानदार सज्जन एक साथ कमरा किराए पर ले रहे थे।

Gregor los vio una vez a través de una rendija en la puerta.
एक बार ग्रेगर ने उन्हें दरवाज़े की दरार से देखा।

Llevaban barbas pobladas y estaban vestidos meticulosamente.
उनकी दाढ़ी पूरी थी और वे बहुत अच्छे कपड़े पहने हुए थे।

Eran escrupulosos en mantener todo ordenado.
वे हर चीज़ को साफ़-सुथरा रखने का बहुत ध्यान रखते थे।

Su insistencia en el orden no se limitaba a su habitación.
साफ़-सफ़ाई पर उनका ज़ोर सिर्फ उनके कमरे तक ही सीमित नहीं रहा।

Todo el apartamento tenía que mantenerse perfectamente limpio.
पूरे अपार्टमेंट को पूरी तरह से साफ़ रखना था।

Eran aún más exigentes con el aspecto de la cocina.
वे इस बात को लेकर और भी ज़्यादा परेशान थे कि किचन कैसा दिखता है।

Y no podían tolerar ningún desorden innecesario.
और वे कोई भी फालतू की गड़बड़ी बर्दाश्त नहीं कर सकते थे।

También habían traído consigo sus propios muebles.
वे अपने साथ अपना फर्नीचर भी लाए थे।

Por esta razón muchas cosas se habían vuelto superfluas.
इस कारण से कई चीजें फालतू हो गई थीं।

Eran cosas por las que nadie pagaría dinero.
ये ऐसी चीजें थीं जिनके लिए कोई भी पैसे नहीं देगा।

Pero la familia tampoco quería deshacerse de estas cosas.
लेकिन परिवार भी इन चीज़ों को छोड़ना नहीं चाहता था।

Todas estas cosas fueron a parar a la habitación de Gregor.
ये सारी चीजें कहीं न कहीं ग्रेगर के कमरे में चली गई।

El cajón de cenizas de la cocina ahora estaba guardado en su habitación.
किचन से राख का डिब्बा अब उसके कमरे में रखा था।

Y la basura se guardaba en su habitación hasta el día de la basura.
और कचरा कचरा दिन तक उसके कमरे में रखा गया।

La criada arrojó todo lo que no necesitaba en su habitación.
नौकरानी ने जो भी चीज़ें ज़रूरत नहीं थीं, उन्हें उसके कमरे में फेंक दिया।

Afortunadamente no vio más que la mano y el objeto.
खुशकिस्मती से उसे हाथ और चीज़ के अलावा और कुछ नहीं दिखा।

Probablemente tenía la intención de volver a buscar las cosas más tarde.
शायद वह बाद में चीज़ों के लिए वापस आना चाहती थी।

O tal vez quería tirarlo todo de una vez.
या शायद वह एक ही बार में सब कुछ फेंक देना चाहती थी।

Sin embargo, todo permaneció donde había quedado al principio.
हालाँकि, सब कुछ वहीं रहा जहाँ वह पहले पहुँचा था।

A menos que Gregor moviera la basura moviéndose a través de ella.
जब तक ग्रेगर ने कबाड़ को इधर-उधर करके नहीं हटाया।

Al principio se vio obligado a arrastrarse entre toda la basura.
पहले तो उसे सारे कबाड़ में से रेंगकर जाना पड़ा।

No tenía posibilidad de evitarlo.
उसके लिए ऐसा करने से बचने का कोई रास्ता नहीं था।

Pero más tarde realmente encontró placer en esta actividad.
लेकिन बाद में उन्हें इस काम में सच में मज़ा आने लगा।

Aunque tal esfuerzo lo dejó triste y profundamente cansado.
हालांकि इस कोशिश से वह दुखी और बहुत थक गया।

Y después no pudo moverse durante muchas horas.
और उसके बाद वह कई घंटों तक हिल नहीं पाया।

Los inquilinos a veces comían en la sala de estar.
किरायेदार कभी-कभी लिविंग रूम में खाना खाते थे।

La puerta del salón permanecía cerrada esas noches.
उन शामों को लिविंग रूम का दरवाज़ा बंद रहता था।

Pero a Gregor no le resultó difícil no abrir la puerta.
लेकिन अब ग्रेगर को दरवाज़ा न खोलने में कोई परेशानी नहीं हुई।

Incluso cuando la puerta estaba abierta, no siempre miraba hacia afuera.
दरवाज़ा खुला होने पर भी वह हमेशा बाहर नहीं देखता था।

Pero él se acostó en el rincón más oscuro de la habitación.
लेकिन वह कमरे के सबसे अंधेरे कोने में लेट गया।

La familia tampoco notó su falta de atención.
परिवार ने भी उसके ध्यान की कमी पर ध्यान नहीं दिया।

Pero hubo una vez que la criada dejó la puerta abierta.
लेकिन एक बार नौकरानी ने दरवाज़ा खुला छोड़ दिया।

La puerta permaneció abierta incluso cuando los inquilinos regresaron.
किरायेदारों के लौटने पर भी दरवाज़ा खुला रहा।

Y la puerta estaba abierta cuando se encendió la luz.

और जब लाइट जलाई गई तो दरवाज़ा खुला था।

El hombre se sentó a la mesa donde la familia cenaba.
वह आदमी उस टेबल पर बैठा था जहाँ परिवार खाना खा रहा था।

Allí se sentaron en el pasado el padre, la madre y Gregor.
पहले के समय में पिता, माता और ग्रेगर वहां बैठते थे।

Desplegaron las servilletas y cogieron cuchillos y tenedores.
उन्होंने नैपकिन खोले और चाकू-कांटे ले लिए।

La madre apareció en la puerta con un plato de carne.
माँ मांस का कटोरा लेकर दरवाज़े पर प्रकट हुई।

Entonces la hermana entró con un cuenco lleno de patatas.
तभी बहन आलू से भरा कटोरा लेकर अंदर आई।

Los inquilinos se inclinaron sobre los cuencos colocados delante de ellos.
किरायेदार अपने सामने रखे कटोरों पर झुक गए।

El humo denso de la comida les llegaba hasta la nariz.
खाने का भारी धुआँ उनकी नाक तक पहुँच गया।

Pero aún no habían decidido si comerían la comida.
लेकिन उन्होंने अभी तक यह तय नहीं किया था कि वे खाना खाएंगे या नहीं।

Quizás enviarían la comida de vuelta a la cocina.
शायद वे खाना वापस किचन में भेज देंगे।

El hombre sentado en el medio parecía ser la autoridad.
बीच में बैठा आदमी अथॉरिटी लग रहा था।

Cortó la carne para determinar si estaba lo suficientemente tierna.
उसने यह देखने के लिए मांस काटा कि वह काफी नरम है या नहीं।

Estaba satisfecho con el olor y el aspecto de la comida.
वह खाने की खुशबू और लुक से खुश था।

La madre y la hermana los observaban ansiosamente.
माँ और बहन उन्हें बेचैनी से देख रही थीं।

Y empezaron a sonreír con un suspiro de alivio.
और वे राहत की सांस लेकर मुस्कुराने लगे।

La propia familia iba a comer en la cocina.
परिवार खुद रसोई में खाना खाने जा रहा था।

Pero primero el padre fue a ver cómo estaban los inquilinos.
लेकिन पहले पिता किरायेदारों का हालचाल जानने गए।

Hizo una reverencia, sosteniendo en su mano su gorra de trabajo.
उन्होंने एक बार झुककर काम से लौटी अपनी टोपी हाथ में पकड़ी।

Y caminó en círculo alrededor de la mesa, hacia cada invitado.
और वह टेबल के चारों ओर चक्कर लगाते हुए हर मेहमान के पास गया।

Todos los inquilinos se pusieron de pie y murmuraron algo entre dientes.
सभी किरायेदार खड़े हो गए और अपनी दाढ़ी में कुछ बुदबुदाने लगे।

Después de que él se fue, comieron en un silencio casi absoluto.
उसके जाने के बाद उन्होंने लगभग पूरी तरह से चुपचाप खाना खाया।

A Gregor le pareció extraño que pudiera oír la masticación.
ग्रेगर को यह अजीब लगा कि वह चबाने की आवाज़ सुन सकता है।

Ningún otro aspecto de la alimentación parecía emitir ningún sonido.
खाने का कोई और पहलू कोई मायने नहीं रखता था।

Pero podía oír claramente el rechinar de los dientes.
लेकिन उसे दांतों की आपस में पीसने की आवाज़ साफ़ सुनाई दे रही थी।

Parecían decirle que necesitaba dientes para comer.
ऐसा लग रहा था कि वे उसे बता रहे थे कि उसे खाने के लिए दांतों की ज़रूरत है।

"No puedes hacer nada si tus mandíbulas no tienen dientes".
"अगर आपके जबड़े में दांत नहीं हैं तो आप कुछ नहीं कर सकते।"

"Me gustaría comer algo", dijo Gregor ansiosamente.
"मैं कुछ खाना चाहता हूँ", ग्रेगर ने बेचैनी से कहा।

"Pero no tengo apetito para lo que están comiendo".
"लेकिन आप सब जो खा रहे हैं, उसके लिए मुझे कोई भूख नहीं है।"

"Mira cómo comen estos huéspedes y yo aquí muriéndome de hambre".
"देखो ये किराएदार खा रहे हैं, और मैं यहाँ भूखा मर रहा हूँ।"

Aquella noche Gregor pensó por casualidad en el violín.
उस शाम ग्रेगर को वायलिन के बारे में ख्याल आया।

No había oído el violín desde la transformación.
बदलाव के बाद से उसने वायलिन नहीं सुना था।

Pero entonces, esta noche, se oyó un ruido desde la cocina.
लेकिन फिर, आज शाम को, रसोई से एक आवाज़ आई।

Los caballeros ya habían terminado su cena.
सज्जनों ने अपना शाम का खाना पहले ही खत्म कर लिया था।

El caballero del medio había comenzado a leer un periódico.
बीच वाले सज्जन ने अखबार पढ़ना शुरू कर दिया था।

Les había dado a los otros dos caballeros una hoja a cada
uno.
उसने बाकी दो लोगों को एक-एक शीट दी थी।

Y ahora estaban recostados, leyendo y fumando.
और अब वे पीछे झुककर पढ़ रहे थे और सिगरेट पी रहे थे।

Cuando el violín empezó a sonar, se pusieron atentos.
जब वायलिन बजने लगा तो वे ध्यान देने लगे।

Se levantaron y caminaron de puntillas hacia la puerta de la
antesala.
वे उठे और पंजों के बल चलते हुए एंटरूम के दरवाज़े तक गए।

Allí estaban, acurrucados juntos, escuchando desde la
puerta.
वे दरवाज़े पर एक साथ खड़े होकर सुन रहे थे।

La familia debió haber escuchado a los hombres desde la
cocina.
परिवार ने ज़रूर किचन से आदमियों की आवाज़ सुनी होगी।

Porque el padre los llamó y les preguntó;
क्योंकि पिता ने उन्हें पुकार कर पूछा,

¿Acaso el violín resulta incómodo para los caballeros?
"क्या वायलिन शायद सज्जनों के लिए असुविधाजनक है?"

"Si no te gusta la música podemos parar inmediatamente."
"अगर आपको म्यूज़िक पसंद नहीं है तो हम तुरंत रोक सकते हैं।"

"Al contrario", dijo el centro de los caballeros.

"इसके विपरीत," सज्जनों के बीच वाले ने कहा।

"¿Le gustaría a la señorita tocar el violín en nuestra habitación?"
"क्या वह युवती हमारे कमरे में वायलिन बजाना पसंद करेगी?"

"Definitivamente es mucho más cómodo y acogedor aquí".
"यहाँ पक्का ज़्यादा आरामदायक और सुकून है।"

El padre respondió como si fuera el propio violinista.
पिता ने ऐसे जवाब दिया जैसे वे खुद वायलिन बजाने वाले हों।

"Oh, por favor, eso sería maravilloso", exclamó el padre.
"ओह प्लीज़, यह तो बहुत बढ़िया होगा," पिता ने कहा।

Los caballeros regresaron a la sala de estar y esperaron.
सज्जन लोग लिविंग रूम में लौट आए और इंतज़ार करने लगे।

Pronto el padre entró en la habitación con el atril.
जल्द ही पिता म्यूज़िक स्टैंड लेकर कमरे में आ गए।

La madre entró en la habitación con el libro de música.
माँ म्यूज़िक बुक लेकर कमरे में आई।

Y la hermana entró en la habitación con el violín.
और बहन वायलिन लेकर कमरे में आ गयी।

Ella preparó todo con calma para tocar el violín.
उसने शांति से वायलिन बजाने के लिए सब कुछ तैयार किया।

Los padres exageraron su cortesía y modales.
माता-पिता ने अपनी विनम्रता और शिष्टाचार को बढ़ा-चढ़ाकर बताया।

Nunca antes habían alquilado habitaciones a huéspedes.
उन्होंने पहले कभी किराएदारों को कमरे किराए पर नहीं दिए थे।

Y ni siquiera se atrevieron a sentarse en sus propias sillas.
और वे अपनी कुर्सियों पर बैठने की भी हिम्मत नहीं कर पाए।

En lugar de sentarse, el padre se apoyó contra la puerta.
बैठने के बजाय पिता दरवाज़े से टिक गए।

Su mano derecha estaba entre dos botones de su abrigo.
उसका दाहिना हाथ उसके कोट के दो बटनों के बीच था।

Sin embargo, un caballero le ofreció una silla a la madre.
हालाँकि, माँ को एक आदमी ने कुर्सी दी।

Pero ella se sentó donde el caballero había colocado la silla.

लेकिन वह वहीं बैठ गई जहां उस आदमी ने कुर्सी रखी थी।

Y no había colocado la silla en ningún lugar determinado.
और उसने कुर्सी को कहीं खास जगह पर नहीं रखा था।

Así que la madre se sentó apartada de todos, en un rincón.
इसलिए माँ सबसे अलग एक कोने में बैठ गई।

Y finalmente la hermana empezó a tocar el violín.
और आखिरकार बहन ने वायलिन बजाना शुरू कर दिया।

Los padres, en lados opuestos, prestaron mucha atención.
दोनों तरफ के माता-पिता ने इस पर पूरा ध्यान दिया।

Y observaban atentamente cada movimiento de su mano.
और उन्होंने उसके हाथ की हर हरकत को ध्यान से देखा।

Gregor también se sentía atraído por la interpretación del violín.
ग्रेगर को वायलिन बजाने में भी रुचि थी।

Y se aventuró a salir de su habitación un poco más lejos.
और वह अपने कमरे से थोड़ा आगे निकल गया।

Él ya estaba con la cabeza dentro de la sala.
वह पहले से ही लिविंग रूम में था।

Solía enorgullecerse de ser muy considerado.
वह बहुत विचारशील होने पर बहुत गर्व महसूस करता था।

Pero últimamente casi no cuestiona su falta de cuidado.
लेकिन हाल ही में उन्होंने अपनी लापरवाही पर शायद ही कोई सवाल उठाया हो।

Aunque ahora tenía más motivos para esconderse que antes.
हालांकि अब उसके पास छिपने के लिए पहले से ज़्यादा कारण थे।

Porque su habitación estaba cubierta de polvo y suciedad diversa.
क्योंकि उसका कमरा धूल और अलग-अलग गंदगी से भरा हुआ था।

El más leve movimiento levantaba todo tipo de suciedad.
ज़रा सी भी हलचल से हर तरह की गंदगी फैल जाती थी।

Toda esa suciedad se le pegó: polvo, pelo, restos de comida.
यह सारी गंदगी उस पर चिपक गई; धूल, बाल, खाने के बचे हुए टुकड़े।

Podría haber frotado la suciedad contra la alfombra.

वह कालीन पर लगी गंदगी को रगड़ सकता था।

Esto era algo que solía hacer varias veces al día.
यह काम वह रोज़ कई बार करता था।

Pero su indiferencia hacia todo era demasiado grande.
लेकिन हर चीज़ के प्रति उसकी बेपरवाही बहुत ज़्यादा थी।

Así que no tuvo miedo de avanzar un poco más.
इसलिए वह थोड़ा और आगे बढ़ने से नहीं डरता था।

Y se trasladó al inmaculado suelo de la sala de estar.
और वह लिविंग रूम के साफ़-सुथरे फ़र्श पर चला गया।

Sin embargo, nadie se dio cuenta ni le prestó atención.
हालाँकि, किसी ने भी उस पर ध्यान नहीं दिया, या उस पर कोई ध्यान नहीं दिया।

La familia estaba completamente absorta en el concierto.
पूरा परिवार कॉन्सर्ट में पूरी तरह डूबा हुआ था।

Los caballeros, por el contrario, inicialmente se retiraron.
दूसरी ओर, सज्जन लोग शुरू में पीछे हट गए।

Y se quedaron cerca, detrás del atril de la hermana.
और वे बहन के म्यूज़िक स्टैंड के पीछे खड़े हो गए।

Si hubieran mirado habrían podido ver las notas musicales.
अगर उन्होंने देखा होता तो वे म्यूज़िक नोट्स देख सकते थे।

Esto, por supuesto, habría perturbado a la hermana.
बेशक, इससे बहन परेशान हो गई होगी।

Luego se quedaron de pie junto a la ventana, en lugar de sentarse.
फिर वे बैठने के बजाय खिड़की के पास खड़े हो गए।

Con las manos en los bolsillos seguían hablando.
वे अपनी जेबों में हाथ डाले बोलते रहे।

Permanecieron allí mientras el padre observaba ansiosamente.
वे वहीं खड़े रहे जबकि पिता बेचैनी से देख रहे थे।

Uno tenía la impresión de que tenían otras expectativas.
किसी को ऐसा लगा कि उनकी उम्मीदें कुछ और थीं।

Y realmente parecía como si se hubieran decepcionado.

और ऐसा लग रहा था कि वे सच में निराश हो गए थे।

Parecía que ya estaban hartos de la actuación.
ऐसा लग रहा था कि वे इस परफॉर्मेंस से तंग आ चुके थे।

Habían permitido que el violín perturbara su paz.
उन्होंने वायलिन को अपनी शांति भंग करने दिया था।

Y sólo toleraban la música por cortesía.
और उन्होंने सिर्फ़ तहज़ीब की वजह से म्यूज़िक को बर्दाश्त किया।

Lo que más me desconcertó fue cómo expulsaron el humo.
उन्होंने जिस तरह से धुआं उड़ाया, वह खास तौर पर परेशान करने वाला था।

Y aún así, tocaba el violín maravillosamente.
और फिर भी वह वायलिन बहुत खूबसूरती से बजा रही थी।

Su rostro estaba inclinado suavemente hacia un lado, sobre el violín.
उसका चेहरा धीरे से एक तरफ झुका हुआ था, वायलिन पर।

Sus ojos buscaban con tristeza las líneas musicales.
उसकी आँखें उदास होकर म्यूज़िक की धुनों को ढूंढ रही थीं।

Gregor se sintió atraído un poco más hacia la sala de estar.
ग्रेगर को लिविंग रूम में थोड़ा और खींचा हुआ महसूस हुआ।

Mantuvo la cabeza cerca del suelo, pero miró hacia arriba.
उसने अपना सिर ज़मीन से सटाए रखा, लेकिन ऊपर की ओर देखा।

Tal vez de esta manera la mirada de su hermana podría encontrarse con la suya.
शायद इस तरह उसकी बहन की नज़र उसकी आँखों से मिल जाए।

¿Puede realmente decirse que era sólo un animal?
क्या सचमुच यह कहा जा सकता है कि वह सिर्फ एक जानवर था?

¿Era un animal si la música podía cautivarlo tanto?
अगर संगीत उसे इतना मोहित कर सकता था तो क्या वह जानवर था?

Sintió como si le mostraran un camino hacia una alimentación desconocida.
उसे ऐसा लगा जैसे उसे अनजान पोषण का रास्ता दिखा दिया गया हो।

Quizás éste era el sustento que le faltaba.
शायद यही वह सहारा था जिसकी उसे कमी थी।

Estaba decidido a dirigirse hacia su hermana.

वह अपनी बहन के पास जाने का पक्का इरादा कर चुका था।

Quería tirar de su falda para llamar su atención.
वह उसका ध्यान खींचने के लिए उसकी स्कर्ट खींचना चाहता था।

Quería darle una indicación de una invitación.
वह उसे इनविटेशन का इशारा देना चाहता था।

"Ven a tocar el violín en mi habitación", quiso decir.
"आओ और मेरे कमरे में वायलिन बजाओ," वह कहना चाहता था।

Él quería que ella fuera recompensada por su hermosa música.
वह चाहते थे कि उन्हें उनके सुंदर संगीत के लिए इनाम मिले।

"Aquí nadie te recompensa por tocar el violín".
"यहां कोई भी आपको वायलिन बजाने के लिए इनाम नहीं दे रहा है।"

Él ya no quería dejarla salir de su habitación.
वह अब उसे अपने कमरे से बाहर नहीं जाने देना चाहता था।

Él quería que ella permaneciera con él mientras viviera.
वह चाहता था कि जब तक वह जीवित रहे, वह उसके साथ रहे।

Por primera vez su transformación tuvo un beneficio.
पहली बार उनके बदलाव से फ़ायदा हुआ।

Su deformidad finalmente iba a serle útil.
आखिरकार उसकी यह कमजोरी उसके काम आने वाली थी।

Quería estar en las cuatro puertas simultáneamente.
वह एक ही समय में चारों दरवाज़ों पर मौजूद रहना चाहता था।

Quería silbarles y escupirles desde todos los ángulos.
वह हर तरफ से उन पर फुफकारना और थूकना चाहता था।

Su hermana no debería verse obligada a quedarse con él.
उसकी बहन को उसके साथ रहने के लिए मजबूर नहीं किया जाना चाहिए।

Él quería que ella eligiera quedarse con él voluntariamente.
वह चाहता था कि वह अपनी मर्ज़ी से उसके साथ रहना चुने।

Ella iba a sentarse a su lado e inclinarse hacia él.
वह उसके बगल में बैठने वाली थी और उस पर झुकने वाली थी।

Y le iba a contar sobre la escuela de música.
और वह उसे म्यूज़िक स्कूल के बारे में बताने वाला था।

Tenía la firme intención de enviarla a la academia.

उनका पक्का इरादा था कि वह उसे अकादमी में भेजें।

Se lo habría contado a todo el mundo la pasada Navidad.
वह पिछले क्रिसमस पर सबको इस बारे में बता देता।

¿Ya había llegado y pasado realmente la Navidad?
क्या क्रिसमस सच में आकर फिर चला गया?

Y no habría dejado que nadie le disuadiera de ello.
और वह किसी को भी इससे रोकने नहीं देता।

Pero entonces el desafortunado accidente lo detuvo todo.
लेकिन फिर एक दुर्भाग्यपूर्ण दुर्घटना ने सब कुछ रोक दिया।

La hermana se habría sentido abrumada por la emoción.
बहन भावुक हो गई होगी।

Y entonces Gregor se habría subido hasta su hombro.
और फिर ग्रेगर उसके कंधे पर चढ़ जाता।

Y la habría consolado besándole el cuello.
और वह उसकी गर्दन को चूमकर उसे दिलासा देता।

—¡Señor Samsa! —gritó el hombre del medio al padre.
"मिस्टर समसा!" बीच में खड़े आदमी ने पिता को पुकारा।

Señalaba con su dedo índice hacia Gregor.
वह अपनी तर्जनी उंगली से ग्रेगर की ओर इशारा कर रहा था।

Gregor se movía lentamente por el suelo de la sala de estar.
ग्रेगर धीरे-धीरे लिविंग रूम के फर्श पर चल रहा था।

El sonido del violín se silenció muy rápidamente.
वायलिन का बजना बहुत जल्दी शांत हो गया।

El del medio de los tres hombres sonrió a sus amigos.
तीनों आदमियों में से बीच वाला अपने दोस्तों को देखकर मुस्कुराया।

Luego meneó la cabeza y volvió a mirar a Gregor.
फिर उसने अपना सिर हिलाया और ग्रेगर की ओर देखा।

El padre podría haber obligado a Gregor a regresar a su habitación.
पिता ग्रेगर को ज़बरदस्ती वापस उसके कमरे में भेज सकते थे।

Pero esa no fue la primera acción que decidió tomar.
लेकिन यह पहला काम नहीं था जिसका उन्होंने फैसला किया।

Pensó que era más importante calmar a los caballeros.

उन्होंने सोचा कि सज्जनों को शांत करना ज़्यादा ज़रूरी है।

Aunque en realidad no estaban molestos en absoluto por Gregor.
हालाँकि वे ग्रेगर से बिल्कुल भी परेशान नहीं थे।

Gregor parecía más entretenido que tocar el violín.
ग्रेगर वायलिन बजाने से ज़्यादा मनोरंजक लग रहा था।

Corrió hacia ellos con los brazos extendidos.
वह हाथ फैलाकर उनके पास दौड़ा।

Estaba intentando hacer lo mejor que podía para ocultar su visión de Gregor.
वह ग्रेगर के बारे में उनकी सोच को छिपाने की पूरी कोशिश कर रहा था।

Y trató de animarlos a regresar a su habitación.
और उसने उन्हें वापस अपने कमरे में आने के लिए हिम्मत देने की कोशिश की।

En realidad, esto los hizo enfadar un poco.
अगर कुछ हुआ भी तो इससे उन्हें थोड़ी चिढ़ हुई।

Pero era difícil decir exactamente qué les molestaba.
लेकिन यह कहना मुश्किल था कि असल में उन्हें किस बात से गुस्सा आया।

El padre estaba arruinando la diversión de la noche.
पिता रात का मनोरंजन बिगाड़ रहे थे।

Pero también acababan de enterarse de su nuevo compañero de piso.
लेकिन उन्हें अपने नए फ्लैटमेट के बारे में भी पता चला था।

Levantaron las manos tal como lo había hecho el padre.
उन्होंने अपने हाथ वैसे ही उठाए जैसे पिता ने उठाए थे।

Exigieron una explicación inmediata al padre.
उन्होंने पिता से तुरंत जवाब मांगा।

Se tiraron inquietos de la barba esperando una respuesta.
उन्होंने जवाब के लिए बेचैनी से अपनी दाढ़ी खींची।

Y retrocedieron hasta su habitación, pero muy lentamente.
और वे अपने कमरे की ओर पीछे की ओर चले गए, लेकिन बहुत धीरे-धीरे।

La interrupción había dejado a la hermana en trance.
इस रुकावट से बहन बेहोश हो गई थी।

Dejó que el violín y el arco colgaran a su lado.

उसने वायलिन और बो को अपनी बगल में लटका दिया।

Y ella miraba la partitura como si todavía estuviera tocando.
और उसने शीट म्यूज़िक को ऐसे देखा जैसे वह अभी भी बज रहा हो।

Pero de repente ella regresó a la habitación.
लेकिन फिर वह अचानक खुद को वापस कमरे में खींच लाई।

Y ahora había superado el sentimiento de estar perdida.
और अब वह खो जाने की भावना से उबर चुकी थी।

Ella colocó el instrumento musical en el regazo de su madre.
उसने म्यूज़िकल इंस्ट्रूमेंट अपनी माँ की गोद में रख दिया।

La madre estaba sentada en la silla, respirando con dificultad.
माँ कुर्सी पर बैठी हुई भारी साँस ले रही थी।

Y entonces la hermana tuvo que correr a la habitación de al lado.
और फिर बहन को अगले कमरे में भागना पड़ा।

Tenía que dejar todo listo para los caballeros.
उसे सज्जनों के लिए सब कुछ तैयार करना था।

Ella arrojó las mantas y los cojines al aire.
उसने कंबल और कुशन हवा में उछाल दिए।

Y con sus manos expertas dispuso toda la ropa de cama.
और अपने कुशल हाथों से उसने सारा बिस्तर व्यवस्थित किया।

Terminó antes de que los caballeros llegaran a la habitación.
सज्जनों के कमरे में पहुंचने से पहले ही वह काम खत्म कर चुकी थी।

Y ella se escabulló antes de interponerse en su camino.
और वह उनके रास्ते में आने से पहले ही निकल गई।

El padre parecía estar dominado por su propia terquedad.
ऐसा लग रहा था कि पिता अपनी ही ज़िद में जकड़े हुए थे।

Y así olvidó todo respeto que debía a sus inquilinos.
और इस तरह वह अपने किराएदारों के प्रति अपना सारा सम्मान भूल गया।

Empujó y empujó hasta que su portavoz se opuso.
वह तब तक धक्का देते रहे जब तक उनके स्पोक्सपर्सन ने एतराज़ नहीं किया।

Al llegar a la puerta, dio una patada furiosa.
जब वह दरवाज़े पर पहुँचा तो उसने गुस्से में पैर पटका।

Y con esto logró detener al padre.
और इस तरह उसने पिता को रोक दिया।

"Por la presente declaro", comenzó dirigiéndose a su propietario.
"मैं यह घोषणा करता हूँ," उसने अपने मकान मालिक से बात करना शुरू किया।

Y levantó la mano, mirando a toda la familia.
और उसने पूरे परिवार की ओर देखते हुए अपना हाथ उठाया।

"En cuanto a las repugnantes condiciones de la habitación;"
"कमरे की खराब हालत के बारे में;"

Y se aseguró de que todos escucharan sus palabras.
और उन्होंने यह पक्का किया कि सभी लोग उनकी बातें सुन रहे हैं।

"Por la presente, le comunico que desocuparé mi habitación".
"मैं यह नोटिस दे रहा हूँ कि मैं अपना कमरा खाली कर दूँगा।"

Y reiteró su punto escupiendo en el suelo.
और उन्होंने ज़मीन पर थूककर अपनी बात को आगे बढ़ाया।

"Tampoco pagaré por los días que he vivido aquí."
"और न ही मैं उन दिनों का भुगतान करूंगा जो मैंने यहां बिताए हैं।"

Sin embargo, no estaba completamente satisfecho con este reembolso.
हालाँकि, वह इस रिफंड से पूरी तरह संतुष्ट नहीं थे।

"Y consideraré hacer otras demandas contra usted."
"और मैं आपके खिलाफ दूसरी मांगें करने पर भी विचार करूंगा।"

Créeme, tales exigencias serán muy fáciles de justificar.
"मेरा विश्वास करो, ऐसी मांगों को सही ठहराना बहुत आसान होगा।"

Él permaneció en silencio y miró directamente al padre.
वह चुप रहा और सीधे पिता की ओर देखने लगा।

Parecía estar esperando que sucediera algo más.
ऐसा लग रहा था कि वह कुछ और होने की उम्मीद कर रहा था।

De hecho, sus dos amigos inmediatamente tuvieron la misma idea.
असल में, उसके दो दोस्तों को भी तुरंत यही आइडिया आया।

"También estamos cancelando nuestras habitaciones",
dijeron al unísono.
उन्होंने एक साथ कहा, "हम भी अपने कमरे कैंसल कर रहे हैं।"

Luego agarró la manija de la puerta y cerró la puerta.
फिर उसने दरवाज़े का हैंडल पकड़ा और दरवाज़ा बंद कर दिया।

Y con un fuerte estruendo se encerraron en su habitación.
और एक ज़ोरदार धमाके के साथ उन्होंने खुद को अपने कमरे में बंद कर लिया।

El padre se tambaleó hasta su silla con manos torpes.
पिता लड़खड़ाते हुए हाथों से अपनी कुर्सी तक पहुंचे।

Y se dejó caer en la silla, derrotado.
और वह हारकर कुर्सी पर गिर पड़ा।

Parecía como si fuera a echar su siesta vespertina habitual.
ऐसा लग रहा था जैसे वह अपनी रोज़ की शाम की झपकी लेने जा रहा था।

Pero su cabeza asintió casi como si no tuviera apoyo.
लेकिन उसका सिर ऐसे हिला जैसे उसे सहारा नहीं मिल रहा हो।

Y se podía ver que no estaba durmiendo en absoluto.
और यह देखा जा सकता था कि वह बिल्कुल भी नहीं सो रहा था।

Durante todo este tiempo Gregor no se había movido de su
sitio.
इस सब के दौरान ग्रेगर अपनी जगह से हिला तक नहीं।

Todavía estaba donde los caballeros lo habían visto por
primera vez.
वह अभी भी वहीं था जहां उन लोगों ने उसे पहली बार देखा था।

Incluso si hubiera querido moverse, le resultó imposible.
अगर वह हिलना भी चाहता तो उसे यह नामुमकिन लगता।

Por su decepción, o por su hambre.
उसकी निराशा के कारण, या उसकी भूख के कारण।

Estaba decepcionado por el fracaso de su plan.
वह अपनी योजना के असफल होने से निराश था।

Y estaba débil por el hambre prolongada que sentía.
और वह लंबे समय तक भूख लगने की वजह से कमज़ोर हो गया था।

Estaba seguro de que en cualquier momento todos se
volverían contra él.

उसे यकीन था कि हर कोई किसी भी पल उसके खिलाफ हो जाएगा।

Con esta expectativa de colapso inminente, esperó.
जल्द ही गिरने की इस उम्मीद के साथ वह इंतज़ार करता रहा।

El violín empezó a deslizarse del regazo de la madre.
वायलिन माँ की गोद से फिसलने लगा।

Con un sonido resonante el violín cayó al suelo.
एक जोरदार आवाज के साथ वायलिन जमीन पर गिर गया।

Pero ni siquiera ese repentino ruido estrepitoso lo sobresaltó.
लेकिन इस अचानक हुई आवाज़ से भी वह चौंका नहीं।

«Queridos padres», dijo la hermana, «esto no puede continuar».
"प्रिय माता-पिता," बहन ने कहा, "यह जारी नहीं रह सकता।"

Y golpeó la mesa con la mano para dejar claro su punto.
और अपनी बात समझाने के लिए उसने मेज पर हाथ पटका।

"No diré el nombre de mi hermano delante de este monstruo".
"मैं इस राक्षस के सामने अपने भाई का नाम नहीं लूंगा।"

"Por eso lo digo lo más claramente posible:"
"इसलिए मैं यह बात साफ-साफ कह रहा हूं:"

"No tenemos otra opción que deshacernos de este animal".
"हमारे पास इस जानवर से छुटकारा पाने के अलावा कोई चारा नहीं है।"

"Hicimos lo mejor que pudimos para tolerar y cuidar a este animal".
"हमने इस जानवर को बर्दाश्त करने और उसकी देखभाल करने की पूरी कोशिश की।"

"No creo que nadie pueda culparnos en lo más mínimo".
"मुझे नहीं लगता कि कोई भी हमें ज़रा भी दोष दे सकता है।"

"Tiene mil veces razón", asintió el padre.
"वह हजार बार सही कहती है," पिता ने सहमति जताई।

La madre aún no había recuperado del todo el aliento.
माँ की साँस अभी भी पूरी तरह से ठीक नहीं हुई थी।

Ella empezó a toser sordamente en su mano, respirando con dificultad.
वह अपने हाथ पर धीरे-धीरे खांसने लगी और उसकी सांसें तेज़ हो गईं।

Y una expresión de locura comenzó a surgir en sus ojos.
और उसकी आँखों में एक पागलपन भरा भाव उभरने लगा।

La hermana corrió hacia su madre y le sujetó la frente.
बहन दौड़कर अपनी मां के पास गई और उनका माथा पकड़ लिया।

El padre pareció inspirarse en las palabras de la hermana.
ऐसा लगा कि पिता बहन की बातों से प्रेरित हुए।

Y sus pensamientos parecían ser más claros que antes.
और उसके विचार पहले से ज़्यादा साफ़ लगने लगे।

Dejó de asentir con la cabeza y volvió a sentarse derecho.
उसने सिर हिलाना बंद कर दिया और फिर से सीधा बैठ गया।

Y jugaba con la gorra de sirviente, sumido en sus pensamientos.
और वह गहरी सोच में डूबा हुआ अपने नौकर की टोपी से खेल रहा था।

Los platos de los inquilinos todavía estaban sobre la mesa.
किरायेदारों की प्लेटें अभी भी मेज पर थीं।

Y a veces miraba hacia el silencioso Gregor.
और वह कभी-कभी चुप ग्रेगर की ओर देखता था।

"Tenemos que intentar deshacernos de él", le dijo la hermana.
बहन ने उससे कहा, "हमें इससे छुटकारा पाने की कोशिश करनी चाहिए।"

La madre estaba demasiado ocupada tosiendo como para escuchar.
माँ खांसने में इतनी बिज़ी थी कि सुन नहीं पाई।

"Los matará a ambos, ya lo veo venir."
"यह तुम दोनों को मार डालेगा, मुझे पहले से ही इसका अंदाज़ा है।"

"No podemos seguir trabajando tan duro como lo hacemos todos."
"हम सब उतनी मेहनत नहीं कर सकते जितनी हम करते हैं।"

"Y cada día tenemos que volver a casa y encontrarnos con esta tortura."

"और हर दिन हमें इस टॉर्चर के साथ घर आना पड़ता है।"

"No podemos soportarlo más. No puedo soportarlo."
"हम इसे और बर्दाश्त नहीं कर सकते। मैं इसे बर्दाश्त नहीं कर सकता।"

Ella cayó ante su madre en un último estallido de lágrimas.
वह आखिरी बार फूट-फूट कर रोते हुए अपनी माँ के पास गिर पड़ी।

Las lágrimas cayeron por su rostro y sobre el de su madre.
आँसू उसके चेहरे से होते हुए उसकी माँ के चेहरे पर गिर पड़े।

Y se secó las lágrimas con un movimiento mecánico.
और उसने एक मैकेनिकल मूवमेंट में आँसू पोंछ दिए।

"Hijo mío", dijo el padre con voz compasiva.
"मेरे बच्चे," पिता ने दयालु स्वर में कहा।

Había profunda simpatía y comprensión en su voz.
उनकी आवाज़ में गहरी सहानुभूति और समझ थी।

«Pero ¿qué debemos hacer?», confesó no saberlo.
"लेकिन हमें क्या करना चाहिए?" उसने कहा कि उसे नहीं पता।

La hermana simplemente se encogió de hombros con impotencia.
बहन ने बेबसी में बस कंधे उचका दिए।

Y su confianza anterior fue reemplazada nuevamente por lágrimas.
और उसके पहले वाले आत्मविश्वास की जगह फिर से आंसुओं ने ले ली।

«Si nos entendiera», dijo el padre en voz alta.
"काश वह हमें समझ पाता," पिता ने ज़ोर से कहा।

Y se preguntó si tal vez Gregor entendía.
और उसने आधा सवाल किया कि शायद ग्रेगर समझ गया होगा।

La hermana simplemente sacudió su mano violentamente mientras lloraba.
बहन ने रोते हुए ज़ोर से अपना हाथ हिलाया।

Y entonces ella señaló que no se debía pensar en esa idea.
और इसलिए उन्होंने इशारा किया कि इस विचार के बारे में नहीं सोचना चाहिए।

«¡Si nos comprendiera!», repitió el padre.
"लेकिन काश वह हमें समझ पाता," पिता ने दोहराया।

Cerrando los ojos consideró la respuesta de la hermana.

आँखें बंद करके उसने बहन के जवाब पर विचार किया।

"Si lo entendiera se podría llegar a un acuerdo con él."
"अगर वह समझ गया तो उसके साथ समझौता किया जा सकता है।"

"Pero estando las cosas como están..."
"लेकिन चीजें जैसी हैं..."

"Tiene que irse", gritó la hermana, "es la única manera".
"इसे जाना ही होगा," बहन चिल्लाई, "यही एकमात्र रास्ता है।"

"Tienes que deshacerte de la idea de que es Gregor".
"आपको यह सोचना छोड़ देना होगा कि यह ग्रेगर है।"

"Que lo hayamos creído durante tanto tiempo es nuestra
verdadera desgracia."
"हमने इतने लंबे समय तक इस पर विश्वास किया, यही हमारी असली
बदकिस्मती है।"

«¿Pero cómo puede ser Gregor?», le preguntó a su padre.
"लेकिन यह ग्रेगर कैसे हो सकता है?" उसने अपने पिता से पूछा।

"Sabía que un animal así no podía coexistir con los
humanos".
"वह जानता था कि ऐसा जानवर इंसानों के साथ नहीं रह सकता।"

Gregor nos habría abandonado hace mucho tiempo,
voluntariamente.
"ग्रेगर तो बहुत पहले ही अपनी मर्ज़ी से हमें छोड़ चुका होता।"

"Es cierto, entonces no tendríamos ningún hermano."
"यह सच है, तब हमारा कोई भाई नहीं होगा।"

"Pero podríamos seguir viviendo y honrar su memoria".
"लेकिन हम जीना जारी रख सकते हैं और उनकी याद का सम्मान कर सकते
हैं।"

"Pero esta bestia nos persigue y ahuyenta a nuestros
labradores."
"लेकिन यह जानवर हमारा पीछा कर रहा है और हमारे किराएदारों को भगा
रहा है।"

"Es evidente que quiere apoderarse de todo el apartamento".
"साफ़ है कि वह पूरे अपार्टमेंट पर कब्ज़ा करना चाहता है।"

"Esta bestia quiere hacernos dormir en la calle."

"यह जानवर हमें सड़क पर सुलाना चाहता है।"

«Mira, padre», gritó de repente, «¡se mueve otra vez!»
"देखो, पापा," वह अचानक चिल्लाई, "वह फिर से हिल रहा है!"

E hizo algo que ni siquiera Gregor pudo entender.
और उसने ऐसा काम किया जिसे ग्रेगर भी नहीं समझ सका।

Ella se apartó, como sacrificando a la madre.
उसने खुद को दूर धकेल दिया, जैसे कि वह माँ की बलि दे रही हो।

Y ella corrió detrás de su padre buscando algún tipo de
seguridad.
और वह किसी तरह की सुरक्षा के लिए अपने पिता के पीछे भागी।

El padre estaba agitado únicamente porque su hija lo estaba.
पिता सिर्फ़ इसलिए परेशान था क्योंकि उसकी बेटी परेशान थी।

Pero entonces él también se levantó y levantó los brazos
sobre ella.
लेकिन फिर वह भी खड़ा हो गया और उसने अपनी बाहें उसके ऊपर उठा लीं।

Pero Gregor no tenía intención de asustar a nadie.
लेकिन ग्रेगर का किसी को डराने का कोई इरादा नहीं था।

Sobre todo no pensó en asustar a su hermana.
खासकर उसे अपनी बहन को डराने का कोई ख्याल नहीं आया।

Él sólo estaba intentando regresar a su habitación.
वह बस अपने कमरे की ओर वापस मुड़ने की कोशिश कर रहा था।

Pero dado que su estado estaba empeorando, incluso esto era
difícil.
लेकिन उनकी बिगड़ती हालत में यह भी मुश्किल था।

Y ya no tenía pleno uso de todas sus piernas.
और अब उसके सभी पैर पूरी तरह से काम नहीं कर रहे थे।

Entonces usó su cabeza para levantar su cuerpo y girar.
इसलिए उसने अपने शरीर को ऊपर उठाने और खुद को घुमाने के लिए अपने
सिर का इस्तेमाल किया।

Hizo una pausa y miró a su alrededor esperando la
aprobación de la familia.
वह रुका और परिवार की मंज़ूरी के लिए इधर-उधर देखने लगा।

Su buena intención parecía haber sido reconocida.

ऐसा लगा कि उनके अच्छे इरादे को पहचान लिया गया है।

Su movimiento sólo había sido un shock momentáneo para ellos.
उनका मूवमेंट उनके लिए बस एक पल का शॉक था।

Ahora todos lo miraban en un silencio infeliz.
अब वे सब दुखी होकर चुपचाप उसे देख रहे थे।

La madre seguía tumbada en el sillón, exhausta.
माँ अभी भी थकी हुई कुर्सी पर लेटी हुई थी।

El padre y la hermana estaban sentados uno al lado del otro.
पिता और बहन एक दूसरे के बगल में बैठे थे।

«Quizás ahora me dejen dar la vuelta», pensó Gregor.
"शायद अब वे मुझे वापस जाने देंगे," ग्रेगर ने सोचा।

Y continuó haciendo su torpe movimiento de giro.
और वह अजीब तरह से मुड़ता रहा।

No podía reprimir los jadeos ocasionales de esfuerzo.
वह कभी-कभी होने वाली मेहनत की सांसों को रोक नहीं पाता था।

Y se vio obligado a descansar un par de veces entre uno y otro.
और बीच में उन्हें कुछ बार आराम करने के लिए मजबूर होना पड़ा।

Ya nadie le obligaba a apresurarse; la decisión estaba en sus manos.
अब कोई भी उसे जल्दी करने के लिए मजबूर नहीं कर रहा था; यह उस पर छोड़ दिया गया था।

Al final completó el giro lento y doloroso.
आखिरकार उसने धीमा और दर्दनाक टर्न पूरा किया।

Inmediatamente comenzó a caminar directamente de regreso a su habitación.
वह तुरंत अपने कमरे की ओर चलने लगा।

Se sorprendió de lo lejos que estaba de su habitación.
वह इस बात से हैरान था कि वह अपने कमरे से कितनी दूर था।

¿Cómo, a pesar de su debilidad, había llegado allí antes?
अपनी कमजोरी के बावजूद वह वहां पहले कैसे पहुंच गया था?

Había recorrido casi el mismo camino sin darse cuenta.

वह बिना ध्यान दिए लगभग उसी रास्ते से गुज़रा था।

Ahora él sólo se concentró en gatear tan rápido como podía.
अब वह बस जितनी तेज़ी से हो सके, रेंगने पर ध्यान दे रहा था।

La falta de comentarios por parte de alguien no le inquietó.
किसी के कमेंट्स न आने से उन्हें कोई परेशानी नहीं हुई।

Sólo cuando ya estaba en la puerta giró la cabeza.
जब वह दरवाज़े के अंदर आ गया, तभी उसने अपना सिर घुमाया।

Pero no pudo darse la vuelta para mirar hacia atrás por completo.
लेकिन वह पूरी तरह से पीछे मुड़कर नहीं देख पाया।

Porque sintió que su cuello se ponía aún más rígido al girarse.
क्योंकि जैसे ही वह मुड़ा, उसे अपनी गर्दन और भी ज़्यादा अकड़ती हुई महसूस हुई।

Pero vio que de todas formas nada había cambiado detrás de él.
लेकिन उसने देखा कि उसके पीछे वैसे भी कुछ नहीं बदला था।

La única diferencia fue que su hermana se puso de pie.
फ़र्क सिर्फ़ इतना था कि उसकी बहन खड़ी हो गई थी।

Su última mirada mostró que su madre se había quedado dormida.
आखिरी नज़र में पता चला कि उसकी माँ सो गई थी।

Tan pronto como estuvo dentro de su habitación la puerta se cerró.
जैसे ही वह अपने कमरे के अंदर गया, दरवाज़ा बंद कर दिया गया।

Y tan pronto como la puerta se cerró, el cerrojo quedó bloqueado.
और जैसे ही दरवाज़ा बंद हुआ, बोल्ड लॉक हो गया।

Gregor se asustó por el ruido inesperado que se oía detrás.
ग्रेगर पीछे से अचानक आई आवाज़ से डर गया।

Y sus piernas se doblaron bajo él por la repentina sorpresa.
और अचानक हुए इस सरप्राइज़ से उसके पैर लड़खड़ा गए।

Fue la hermana quien corrió hacia la puerta detrás de él.

यह बहन ही थी जो उसके पीछे दरवाज़े तक दौड़ी थी।

Ella ya se encontraba allí de pie, esperándolo.
वह पहले से ही वहाँ सीधी खड़ी थी और उसका इंतज़ार कर रही थी।

Luego saltó hacia delante ligeramente sin que Gregor la oyera.
फिर वह ग्रेगर को सुनाई दिए बिना हल्के से आगे कूद गई।

"¡Por fin!" gritó en voz alta mientras giraba la llave.
"आखिरकार!" उसने चाबी घुमाते हुए ज़ोर से कहा।

"¿Y ahora qué?", se preguntó Gregor, solo en la oscuridad.
"अब क्या होगा," ग्रेगर ने अंधेरे में अकेले खुद से पूछा।

Pronto descubrió que ya no podía moverse en absoluto.
उसे जल्द ही पता चला कि वह अब बिल्कुल भी हिल नहीं सकता।

Pero no le sorprendió realmente su inmovilidad.
लेकिन वह अपनी इस स्थिरता से सच में हैरान नहीं था।

Poder moverse con piernas tan delgadas parecía ridículo.
इतने पतले पैरों पर चल पाना अजीब लग रहा था।

No sabía cómo había sido capaz de hacerlo.
उसे नहीं पता था कि वह यह कैसे कर पाया था।

Pero aparte de eso se sentía relativamente cómodo.
लेकिन इसके अलावा वह काफ़ी आरामदायक महसूस कर रहा था।

Es cierto que sentía un dolor profundo en todo el cuerpo.
यह सच है कि उसे पूरे शरीर में गहरा दर्द महसूस हुआ।

Pero el dolor parecía hacerse cada vez más débil.
लेकिन ऐसा लग रहा था कि दर्द कम होता जा रहा है।

Y sintió que el dolor eventualmente desaparecería.
और उसे लगा कि दर्द आखिरकार गायब हो जाएगा।

Ya casi no sentía la manzana podrida en su espalda.
अब उसे अपनी पीठ पर सड़े हुए सेब का एहसास भी नहीं होता था।

Pensó en su familia con emoción y amor.
उन्होंने अपने परिवार के बारे में इमोशन और प्यार से सोचा।

Sintió las emociones de su hermana incluso más que ella misma.
उसने अपनी बहन की भावनाओं को उससे भी ज़्यादा महसूस किया।

Ella tenía razón en lo que había dicho: él tenía que irse.
उसने जो कहा था, वह सही था; उसे जाना पड़ा।

Pasó algún tiempo en ese estado vacío y pacífico.
उन्होंने कुछ समय इस खाली और शांतिपूर्ण स्थिति में बिताया।

El reloj dio tres veces, silenciosamente, pero con firmeza.
घड़ी ने धीरे से, लेकिन मज़बूती से तीन बार बजाया।

Gregor fue sacado suavemente de sus meditaciones.
ग्रेगर को धीरे से उसके ख्यालों से बाहर निकाला गया।

Observó cómo la luz de la mañana entraba lentamente en su habitación.
उसने सुबह की रोशनी को धीरे-धीरे अपने कमरे में आते देखा।

Entonces su cabeza se hundió por completo, sin su voluntad.
फिर उसका सिर बिना उसकी मर्ज़ी के पूरी तरह नीचे झुक गया।

Y su último aliento fluyó débilmente de su nariz.
और उसकी आखिरी सांस उसकी नाक से कमज़ोर तरीके से बह रही थी।

La criada entró en su habitación temprano en la mañana.
नौकरानी सुबह-सुबह उसके कमरे में आ गई।

No encontró nada inusual durante su corta visita habitual.
अपनी छोटी सी विज़िट के दौरान उसे कुछ भी अजीब नहीं लगा।

Con fuerza y prisa cerró de golpe todas las puertas.
ताकत और जल्दबाजी के कारण उसने सारे दरवाज़े ज़ोर से बंद कर दिए।

No fue posible dormir tranquilo en todo el apartamento.
पूरे अपार्टमेंट में चैन की नींद नहीं आ पा रही थी।

Le habían pedido que evitara hacer esto por la mañana.
उसे सुबह ऐसा न करने के लिए कहा गया था।

Ella pensó que él yacía allí inmóvil a propósito.
उसे लगा कि वह जानबूझकर वहाँ बिना हिले लेटा हुआ है।

Quizás quería demostrarle que estaba ofendido.
शायद वह उसे दिखाना चाहता था कि वह नाराज़ है।

Ella confiaba en que él tenía todo tipo de inteligencia.
उसे भरोसा था कि उसमें हर तरह की समझदारी है।

Ella sostenía por casualidad la escoba larga en su mano.

संयोग से उसके हाथ में लंबी झाड़ू थी।

Entonces, desde la puerta, intentó hacerle un poco de cosquillas a Gregor.
तो, दरवाज़े से, उसने ग्रेगर को थोड़ी गुदगुदी करने की कोशिश की।

Ella estaba un poco molesta porque él no respondió en absoluto.
वह थोड़ी नाराज़ थी कि उसने कोई जवाब नहीं दिया।

Así que esta vez lo empujó un poco más firmemente.
इसलिए इस बार उसने उसे थोड़ा और ज़ोर से धक्का दिया।

Cuando él no ofreció resistencia, ella lo miró más de cerca.
जब उसने कोई विरोध नहीं दिखाया तो उसने ध्यान से देखा।

Pronto se dio cuenta de lo que realmente le había sucedido a Gregor.
उसे जल्द ही एहसास हो गया कि ग्रेगर के साथ असल में क्या हुआ था।

Abrió más los ojos y silbó para sí misma.
उसने अपनी आँखें और चौड़ी कीं, और मन ही मन सीटी बजाई।

Pero no perdió mucho tiempo antes de abrir la puerta.
लेकिन उसने दरवाज़ा खोलने में ज़्यादा समय बर्बाद नहीं किया।

Y clamó a gran voz en la oscuridad:
और उसने अंधेरे में ऊंची आवाज़ में पुकारा:

"Ven a echarle un vistazo, ahí está, completamente muerto."
"आओ और देखो, वह वहीं पड़ा है, पूरी तरह से मरा हुआ।"

Los dos padres estaban sentados erguidos en el lecho conyugal.
दोनों माता-पिता अपने शादीशुदा बिस्तर पर सीधे बैठे थे।

Primero tuvieron que superar el impacto del ruido.
सबसे पहले उन्हें शोर के झटके से उबरना पड़ा।

Pero poco a poco empezaron a comprender su mensaje.
लेकिन फिर धीरे-धीरे वे उसका संदेश समझने लगे।

El señor y la señora Samsa saltaron cada uno de su lado de la cama.
मिस्टर और मिसेज़ समसा दोनों बिस्तर से अपनी तरफ़ से कूद पड़े।

El señor Samsa se echó la gruesa manta sobre los hombros.

मिस्टर समसा ने मोटा कंबल अपने कंधों पर डाल लिया।

Y la señora Samsa salió sin nada más que su camisón.
और मिसेज़ समसा सिर्फ़ नाइटगाउन में बाहर आई।

Y así entraron en la habitación de Gregor.
और इस तरह वे ग्रेगर के कमरे में घुस गए।

Mientras tanto, la puerta de la sala de estar también se había abierto.
इस बीच, लिविंग रूम का दरवाज़ा भी खुल गया था।

Grete había dormido allí desde que los inquilinos se mudaron.
जब से किरायेदार आए थे, ग्रेटे वहीं सोती थी।

Estaba completamente vestida como si no hubiera dormido en absoluto.
वह पूरे कपड़े पहने हुए थी, जैसे कि वह सोई ही नहीं हो।

Su rostro pálido también parecía demostrar su falta de sueño.
उसका पीला चेहरा भी उसकी नींद की कमी को साबित कर रहा था।

"¿Está muerto?" preguntó la señora Samsa, mirando a la criada.
"वह मर गया?" मिसेज समसा ने नौकरानी की ओर देखते हुए पूछा।

Ella podría haberlo confirmado mirándolo ella misma.
वह खुद उसे देखकर इसकी पुष्टि कर सकती थी।

"Creo que sí", dijo la criada cogiendo la escoba.
"मुझे ऐसा लगता है," नौकरानी ने झाड़ू उठाते हुए कहा।

Y ella empujó su cuerpo muy lejos por el suelo.
और उसने उसके शरीर को फर्श पर काफी दूर तक धकेल दिया।

La señora Samsa hizo un movimiento como si quisiera detenerla.
मिसेज़ समसा ने ऐसा मूवमेंट किया जैसे वह उसे रोकना चाहती हों।

Pero al final dejó que la criada llevara a Gregor de un lado a otro.
लेकिन आखिर में उसने नौकरानी को ग्रेगर को इधर-उधर घुमाने दिया।

—Bueno —dijo el señor Samsa—, por fin podemos dar gracias a Dios.
"ठीक है," मिस्टर समसा ने कहा, "आखिरकार हम भगवान को धन्यवाद दे सकते हैं।"

Hizo la señal de la cruz; cabeza, pecho, hombros.
उसने क्रॉस का निशान बनाया; सिर, छाती, कंधे।

Y las tres mujeres siguieron su ejemplo religioso.
और तीनों महिलाओं ने उनके धार्मिक उदाहरण का अनुसरण किया।

Grete, que no apartaba la vista del cadáver, dijo:
ग्रीटे, जिसने अपनी नज़रें लाश से नहीं हटाईं, बोली;

"Mira qué delgado estaba, hacía tanto tiempo que no comía."
"देखो वह कितना दुबला हो गया है, उसने बहुत दिनों से कुछ नहीं खाया है।"

"La comida que le dejaba cada mañana siempre estaba intacta."
"मैं हर सुबह उसके लिए जो खाना छोड़ती थी, वह हमेशा बिना छुए रहता था।"

De hecho, el cuerpo de Gregor estaba completamente plano y seco.
असल में, ग्रेगर का शरीर पूरी तरह से सपाट और सूखा था।

Esto era más visible ahora que estaba en el suelo.
अब जब वह ज़मीन पर था तो यह बात और भी साफ़ दिख रही थी।

Porque su cuerpo ya no era levantado por sus piernas.
क्योंकि अब उसका शरीर उसके पैरों से ऊपर नहीं उठ पा रहा था।

Y porque no había nada más que distrajera la vista.
और क्योंकि वहां कोई और चीज़ नहीं थी जो नज़ारे को भटका रही हो।

—Ven un rato con nosotros, Grete —dijo la señora Samsa.
"थोड़ी देर के लिए हमारे साथ अंदर आओ, ग्रीट," मिसेज़ समसा ने कहा।

Había una sonrisa dolorosa en sus labios mientras hablaba.
बोलते समय उसके होठों पर एक दर्द भरी मुस्कान थी।

Grete los siguió, pero también miró hacia el cadáver.
ग्रीट ने उनका पीछा किया, लेकिन उसने लाश की ओर भी देखा।

La criada cerró la puerta y abrió completamente la ventana.
नौकरानी ने दरवाज़ा बंद कर दिया और खिड़की पूरी तरह खोल दी।

Todavía era temprano, por lo que normalmente el aire estaría frío.
अभी सुबह थी, इसलिए हवा आम तौर पर ठंडी होगी।

Pero también había una mezcla de calidez en el aire frío.
लेकिन ठंडी हवा में गर्मी का मिश्रण भी था।

Como un suave recordatorio de que ya era finales de marzo.
जैसे यह एक हल्की सी याद दिलाने वाली बात हो कि अब मार्च का अंत हो गया है।

Los tres inquilinos ahora también salieron de su habitación.
अब तीनों किरायेदार भी अपने कमरे से बाहर निकल आए।

Miraron a su alrededor con asombro en busca de su desayuno.
वे अपने नाश्ते के लिए हैरानी से इधर-उधर देखने लगे।

El desayuno fue olvidado por lo que encontró la criada.
नौकरानी को जो मिला, उसकी वजह से नाश्ता भूल गए।

"¿Dónde está el desayuno?" se quejó el caballero del medio.
"नाश्ता कहाँ है?" बीच वाले आदमी ने बड़बड़ाते हुए पूछा।

La criada se llevó el dedo a la boca para ordenar silencio.
नौकरानी ने चुप रहने का आदेश देने के लिए अपनी उंगली मुंह पर रख ली।

Y ella rápidamente y en silencio saludó a los caballeros.
और उसने जल्दी से और चुपचाप उन सज्जनों को हाथ हिलाया।

La criada acompañó a los tres caballeros a la habitación.
नौकरानी ने तीनों आदमियों को कमरे में ले गई।

Y continuó explicándoles lo que había sucedido.
और वह उन्हें समझाती रही कि क्या हुआ था।

Y los tres caballeros estaban alrededor del cadáver de Gregor.
और तीनों सज्जन ग्रेगर की लाश के चारों ओर खड़े हो गए।

Con las manos en los bolsillos miraron hacia abajo.
अपने हाथ जेब में डाले वे नीचे देखने लगे।

La luz de la mañana ahora había inundado completamente la habitación.
सुबह की रोशनी अब कमरे में पूरी तरह फैल चुकी थी।

Entonces se abrió la puerta del dormitorio y apareció el
señor Samsa.
तभी बेडरूम का दरवाज़ा खुला और मिस्टर समसा प्रकट हुए।

A un lado estaba su esposa y al otro su hija.
एक तरफ उनकी पत्नी थी और दूसरी तरफ उनकी बेटी।

Para entonces el señor Samsa ya llevaba puesto su uniforme.
मिस्टर समसा अब तक अपनी यूनिफ़ॉर्म पहन चुके थे।

Se podía ver que todos habían estado llorando un poco.
कोई भी देख सकता था कि वे सभी थोड़ा रो रहे थे।

Grete presionó su cara contra el brazo de su padre.
ग्रीट ने अपना चेहरा अपने पिता की बांह से सटा लिया।

"¡Sal de mi apartamento inmediatamente!" ordenó el señor
Samsa.
मिस्टर समसा ने आदेश दिया, "तुरंत मेरा अपार्टमेंट छोड़ दो!"

Y señaló la puerta sin dejar salir a las mujeres.
और उसने औरतों को जाने दिए बिना दरवाज़े की तरफ़ इशारा किया।

"¿Qué quieres decir?" preguntó el intermediario
desconcertado.
"आपका क्या मतलब है?" बिचौलिए ने परेशान होकर पूछा।

Y él hizo lo mejor que pudo para sonreír dulcemente al
señor Samsa.
और उन्होंने मिस्टर समसा को प्यार से मुस्कुराने की पूरी कोशिश की।

Los otros dos llevaban las manos tras la espalda.
बाकी दो ने अपने हाथ पीठ के पीछे कर लिए।

Y se frotaron las manos con anticipación.
और वे उम्मीद में अपने हाथ आपस में रगड़ने लगे।

Parecía que esperaban que se produjera una fuerte pelea.
उन्हें लग रहा था कि वहां ज़ोरदार झगड़ा होगा।

Pero ellos parecían estar contentos con la discusión que se
avecinaba.
लेकिन वे आने वाली बहस को लेकर खुश लग रहे थे।

Creían que la disputa sería a su favor.
उन्हें लगा कि झगड़ा उनके पक्ष में होगा।

"Quiero decir exactamente lo que acabo de decir", respondió el señor Samsa.
मिस्टर समसा ने जवाब दिया, "मैंने जो कहा, वही मेरा मतलब है।"

Caminó en línea recta con sus dos compañeros.
वह अपने दो साथियों के साथ सीधी लाइन में चल रहा था।

Y el señor Samsa se dirigió directamente a su caballero principal.
और मिस्टर समसा सीधे उनके लीड जेंटलमैन के पास गए।

El caballero primero se quedó quieto, mirando al suelo.
वह सज्जन पहले तो ज़मीन की ओर देखते हुए स्थिर खड़े रहे।

El contenido de su cabeza todavía estaba ordenándose.
उसके दिमाग में अभी भी चीज़ें व्यवस्थित हो रही थीं।

—Está bien, nos vamos —dijo y miró al señor Samsa.
"ठीक है, हम चलेंगे," उन्होंने कहा और मिस्टर समसा की ओर देखा।

Una nueva humildad pareció apoderarse de él de repente.
ऐसा लगा जैसे अचानक उस पर एक नई विनम्रता छा गई हो।

Y parecía estar pidiendo permiso para esta decisión.
और ऐसा लग रहा था कि वह इस फैसले के लिए इजाज़त मांग रहे थे।

El señor Samsa abrió mucho los ojos y asintió un poco.
मिस्टर समसा ने अपनी आँखें चौड़ी करके थोड़ा सिर हिलाया।

Los caballeros obedecieron inmediatamente su orden.
सज्जनों ने तुरंत उसकी आज्ञा का पालन किया।

Y efectivamente dieron largos pasos por el pasillo.
और वे सचमुच हॉलवे में लंबे कदम बढ़ाते हुए गए।

Sus amigos ya habían dejado de frotarse las manos.
उसके दोस्तों ने तो हाथ मलना ही बंद कर दिया था।

Habían estado escuchando cómo iba la conversación.
वे सुन रहे थे कि बातचीत कैसी चल रही है।

Y ahora corrían tras él, como si tuvieran miedo.
और अब वे उसके पीछे भाग रहे थे, मानो डर के मारे।

El señor Samsa aún podría aislarlos de su líder.
मिस्टर समसा अभी भी उन्हें उनके लीडर से अलग कर सकते हैं।

Sacaron sus palos del contenedor.

उन्होंने अपनी छड़ियाँ डंडे के डिब्बे से बाहर निकालीं।

Y se inclinaron en silencio antes de salir del apartamento.
और अपार्टमेंट से निकलने से पहले उन्होंने चुपचाप सिर झुकाया।

El señor Samsa y las dos mujeres salieron del patio delantero.
मिस्टर समसा और दोनों महिलाएं फोरकोर्ट से बाहर निकल आए।

Pero en realidad no tenían motivos para desconfiar de los hombres.
लेकिन असल में उनके पास उन आदमियों पर भरोसा न करने का कोई कारण नहीं था।

Se apoyaron en la barandilla para comprobar si se habían ido.
वे यह देखने के लिए रेलिंग पर झुके कि वे चले गए हैं या नहीं।

Los tres caballeros efectivamente estaban bajando las escaleras.
तीनों सज्जन सचमुच सीढ़ियों से उतर रहे थे।

En un determinado recodo de la escalera desaparecieron.
सीढ़ियों के एक खास मोड़ पर वे गायब हो गए।

Y entonces la escalera los trajo de nuevo a la vista.
और फिर सीढ़ियों ने उन्हें वापस दिखा दिया।

Esta aparición y desaparición se repite en cada piso.
यह आना और गायब होना हर मंज़िल पर दोहराया गया।

Pero al final casi habían llegado al fondo.
लेकिन आखिरकार वे लगभग नीचे तक पहुंच ही गए थे।

Cuanto más avanzaban, más aburridos parecían.
वे जितना आगे बढ़ते गए, उतने ही बोरिंग होते गए।

Todos regresaron a casa, como si se sintieran aliviados.
सब लोग घर वापस लौट आए, मानो उन्हें राहत मिली हो।

Decidieron aprovechar el día para descansar y salir a pasear.
उन्होंने दिन में आराम करने और टहलने जाने का फैसला किया।

Sentían que merecían este descanso de su trabajo.
उन्हें लगा कि वे अपने काम से यह ब्रेक पाने के हकदार थे।

No sólo merecían este descanso, sino que lo necesitaban.

वे न केवल इस ब्रेक के हकदार थे, बल्कि उन्हें इसकी ज़रूरत भी थी।

Se sentaron a la mesa para escribir cartas de disculpas.
वे माफ़ीनामा लिखने के लिए टेबल पर बैठ गए।

El señor Samsa escribió una carta de disculpas a su dirección.
मिस्टर समसा ने अपने मैनेजमेंट को माफ़ीनामा लिखा।

La señora Samsa escribió su carta de disculpas a sus clientes.
मिसेज समसा ने अपने क्लाइंट्स को माफ़ीनामा लिखा।

Y Grete escribió su carta de disculpa a su director.
और ग्रीट ने अपने प्रिंसिपल को माफ़ीनामा लिखा।

Mientras todos escribían, la criada llegó a la habitación.
जब वे सब लिख रहे थे, नौकरानी कमरे में आई।

Su trabajo de la mañana había terminado, por lo que se dirigía a casa.
उसका सुबह का काम खत्म हो गया था, इसलिए वह घर जा रही थी।

Los tres escritores asintieron al principio, sin levantar la vista.
तीनों लेखकों ने पहले तो बिना ऊपर देखे सिर हिलाया।

Pero la criada no parecía querer irse todavía.
लेकिन नौकरानी अभी जाना नहीं चाहती थी।

Esperó un poco, hasta que los tres escritores levantaron la vista.
वह थोड़ा इंतज़ार करती रही, जब तक कि तीनों लेखकों ने ऊपर नहीं देखा।

"¿Y bien?" preguntó el señor Samsa, enojado como los demás.
"अच्छा?" मिस्टर समसा ने गुस्से में पूछा, जैसे दूसरे लोग थे।

La criada estaba parada en la puerta con una sonrisa en su rostro.
नौकरानी चेहरे पर मुस्कान लिए दरवाज़े पर खड़ी थी।

Dio la impresión de tener buenas noticias que informar.
उसने ऐसा इंप्रेशन दिया कि उसके पास बताने के लिए अच्छी खबर है।

Pero ella no iba a compartir la noticia a menos que se lo pidieran.

लेकिन जब तक कहा न जाएे, वह यह खबर शेयर नहीं करने वाली थी।

La pluma de avestruz erguida sobre su sombrero se balanceaba ligeramente.
उसकी टोपी पर लगा शुतुरमुर्ग का पंख थोड़ा हिल रहा था।

Aquella pluma de avestruz siempre había molestado al señor Samsa.
वह शुतुरमुर्ग का पंख हमेशा मिस्टर समसा को परेशान करता था।

—Entonces, ¿qué quieres? —preguntó la señora Samsa con firmeza.
"तो फिर आप क्या चाहते हैं?" मिसेज़ समसा ने सख़्ती से पूछा।

La criada todavía tenía mucho respeto por la señora Samsa.
नौकरानी के मन में अब भी मिसेज़ समसा के लिए बहुत इज़्ज़त थी।

"Sí", respondió ella y soltó una carcajada amistosa.
"हाँ", उसने जवाब दिया और दोस्ताना अंदाज़ में हँस पड़ी।

Por un momento su risa le impidió hablar.
एक पल के लिए उसकी हंसी ने उसे बोलने से रोक दिया।

"No tienes que preocuparte por esa cosa de al lado".
"आपको पड़ोस की उस चीज़ के बारे में चिंता करने की ज़रूरत नहीं है।"

"Ya he decidido cómo nos desharemos de él".
"मैंने पहले ही तय कर लिया है कि हम इससे कैसे छुटकारा पाएँगे।"

La señora Samsa y Grete continuaron escribiendo sus cartas.
मिसेज़ समसा और ग्रेटे ने अपने पत्र लिखना जारी रखा।

Pero el señor Samsa se dio cuenta de que la criada aún no había terminado.
लेकिन मिस्टर समसा ने देखा कि नौकरानी का काम अभी खत्म नहीं हुआ था।

Ahora quería describir todo con más detalle.
अब वह हर बात को और विस्तार से बताना चाहती थी।

Pero él extendió su mano para rechazar sus esfuerzos.
लेकिन उसने उसकी कोशिशों को ठुकराने के लिए अपना हाथ आगे बढ़ाया।

Se dio cuenta de que no estaban interesados en sus planes.
उसे एहसास हुआ कि उन्हें उसके प्लान में कोई दिलचस्पी नहीं थी।

Y entonces recordó la gran prisa en la que había estado.
और फिर उसे याद आया कि वह कितनी जल्दी में थी।

"Ciao entonces", dijo ella, insultada por la falta de interés.
"तो फिर," उसने कहा, दिलचस्पी न होने से बेइज्जत महसूस करते हुए।

Pero antes de irse cerró la puerta de un golpe terriblemente fuerte.
लेकिन जाने से पहले उसने दरवाज़ा ज़ोर से बंद कर दिया।

"La despedirán esta noche", dijo el señor Samsa.
मिस्टर समसा ने कहा, "उसे शाम को नौकरी से निकाल दिया जाएगा।"

Pero su esposa y su hija estaban demasiado ocupadas para responderle.
लेकिन उनकी पत्नी और बेटी इतने बिज़ी थे कि उन्हें जवाब नहीं दे पाए।

Porque la criada había perturbado la paz recién adquirida.
क्योंकि नौकरानी ने उनकी नई मिली शांति भंग कर दी थी।

La madre y la hija se levantaron para ir a la ventana.
माँ और बेटी खिड़की के पास जाने के लिए उठीं।

Y abrazados se quedaron allí.
और एक दूसरे को गले लगाकर वे वहीं रुके रहे।

El señor Samsa se giró en su silla para mirarlos.
मिस्टर समसा अपनी कुर्सी पर घूमकर उन्हें देखने लगे।

Y por un rato los observó en silencio mientras estaban allí de pie.
और कुछ देर तक वह चुपचाप उन्हें वहीं खड़ा देखता रहा।

Finalmente les gritó: "¿Queréis venir a mí?"
अंत में उसने उन्हें पुकारा, "क्या तुम मेरे पास आओगे?"

"Olvidémonos de todas esas cosas viejas, ¿de acuerdo?"
"चलो, हम सब पुरानी बातें भूल जाएं।"

"Ven a mí y dame un poco de tu atención."
"मेरे पास आओ और मुझे अपना थोड़ा ध्यान दो।"

Las dos mujeres hicieron lo que él les dijo y corrieron hacia él.
दोनों महिलाओं ने उसकी बात मानी और उसके पास दौड़ीं।

Le dieron un abrazo cariñoso y le besaron.
उन्होंने उसे प्यार से गले लगाया और चूमा।

Regresaron rápidamente para terminar de escribir sus cartas.

वे जल्दी से अपने पत्र लिखने के लिए वापस आ गए।

Luego los tres abandonaron el apartamento juntos.
फिर वे तीनों एक साथ अपार्टमेंट से निकल गए।

No habían salido juntos de casa desde hacía meses.
वे महीनों से एक साथ घर से बाहर नहीं निकले थे।

Y tomaron el tranvía hasta las afueras de la ciudad.
और वे ट्राम से शहर के बाहरी इलाके में चले गए।

Tenían todo el vagón del tranvía para ellos solos.
ट्राम का पूरा डिब्बा उनके पास था।

La luz del sol entraba a raudales por la ventana desde el exterior.
बाहर से खिड़की से धूप अंदर आ रही थी।

La familia se reclinó cómodamente en sus asientos.
परिवार आराम से अपनी सीटों पर बैठ गया।

Y discutieron las perspectivas para su futuro.
और उन्होंने अपने भविष्य की संभावनाओं पर चर्चा की।

Al examinarlos más de cerca, sus perspectivas no eran malas.
करीब से देखने पर उनकी उम्मीदें बुरी नहीं थीं।

Los tres tenían trabajos con potencial para ganar más.
तीनों के पास ऐसी नौकरियां थीं जिनमें ज़्यादा कमाने की संभावना थी।

Nunca se habían preguntado sobre su trabajo.
उन्होंने कभी एक-दूसरे से उनके काम के बारे में नहीं पूछा था।

Pero ahora finalmente tenían tiempo para discutir esas cosas.
लेकिन अब आखिरकार उनके पास ऐसी बातों पर चर्चा करने का समय था।

También tenían la opción de mudarse a un apartamento más pequeño.
उनके पास एक छोटे अपार्टमेंट में जाने का ऑप्शन भी था।

Esto tendría el mayor impacto en sus vidas.
इसका उनके जीवन पर सबसे अधिक प्रभाव पड़ेगा।

Su apartamento actual había sido elegido por Gregor.
उनका अभी का अपार्टमेंट ग्रेगर ने चुना था।

Pero ahora podrían mudarse a algún lugar más asequible.
लेकिन अब वे कहीं ज़्यादा सस्ती जगह पर जा सकते हैं।

Un apartamento más pequeño, pero en un lugar más práctico.
एक छोटा अपार्टमेंट, लेकिन ज़्यादा प्रैक्टिकल जगह।

Hablar sobre el futuro hizo que Grete se sintiera nuevamente más animada.
भविष्य के बारे में बात करने से ग्रीट फिर से ज़्यादा ज़िंदादिल हो गई।

El señor y la señora Samsa también notaron otros cambios en ella.
मिस्टर और मिसेज़ समसा ने उसमें दूसरे बदलाव भी देखे।

Sus mejillas se habían vuelto pálidas por todas sus preocupaciones.
सारी चिंताओं से उसके गाल पीले पड़ गये थे।

Pero ahora su hija se estaba convirtiendo en una bella dama.
लेकिन अब उनकी बेटी एक अच्छी महिला बन रही थी।

Ahora ella realmente era una joven bien formada y hermosa.
अब वह सच में एक हृष्ट-पुष्ट और अच्छी जवान औरत थी।

Sus padres guardaron silencio y admiraron a su hija.
उसके माता-पिता चुप हो गए और अपनी बेटी की तारीफ़ करने लगे।

Se miraron el uno al otro comunicándose inconscientemente.
वे अनजाने में एक-दूसरे को देखकर बात कर रहे थे।

"Pronto llegará el momento de encontrar un buen hombre para ella."
"जल्द ही उसके लिए एक अच्छा आदमी ढूंढने का समय आ जाएगा।"

El tranvía había llegado a su destino y redujo la velocidad.
ट्राम अपनी मंज़िल पर पहुँच गई थी और धीमी हो गई थी।

Su hija pareció confirmar sus nuevos sueños.
उनकी बेटी ने उनके नए सपनों को पक्का कर दिया।

Ella fue la primera en levantarse y estirar su joven cuerpo.
वह सबसे पहले खड़ी हुई और अपने जवान शरीर को स्ट्रेच किया।